余星辰◎著

第五季节

DIWU JIJIE

时代出版传媒股份有限公司
安徽文艺出版社

图书在版编目（ＣＩＰ）数据

第五季节/余星辰著.—合肥：安徽文艺出版社，2024.4
ISBN 978-7-5396-7860-3

Ⅰ.①第… Ⅱ.①余… Ⅲ.①长篇小说－中国－当代
Ⅳ.①I247.5

中国国家版本馆CIP数据核字(2023)第199015号

出 版 人：姚　巍
责任编辑：汪爱武　　　　　　　　装帧设计：徐　睿
出版发行：安徽文艺出版社　　www.awpub.com
地　　址：合肥市翡翠路1118号　邮政编码：230071
营 销 部：(0551)63533889
印　　制：安徽新华印刷股份有限公司　(0551)65859551
开本：880×1230　1/32　印张：6.75　字数：125千字
版次：2024年4月第1版
印次：2024年4月第1次印刷
定价：39.80元

（如发现印装质量问题，影响阅读，请与出版社联系调换）
版权所有，侵权必究

目 录

雨水 —— 001

惊蛰 —— 018

春分 —— 033

谷雨 —— 045

小满 —— 048

芒种 —— 055

夏至 —— 066

小暑 —— 073

大暑 —— 079

立秋 —— 085

处暑 —— 093

白露 —— 100

秋分 —— 108

寒露 —— 114

霜降 —— 120

立冬 —— 129

小雪 —— 147

大雪 —— 155

冬至 —— 166

小寒 —— 174

大寒 —— 183

立春 —— 193

雨水

刘夏知这辈子最遗憾的,就是没去读大学。他父亲老刘在他拿到录取通知书的第二天进了医院,手术很成功,但东拼西凑的手术费成了心头瘤。顶梁柱倒了,没有了主要经济来源,整个家的重担都压在了夏知的母亲老夏身上。刘夏知要继续念书,学费是一笔不小的开支,可家里的经济来源基本上全靠老夏捡废品,她忙活一天,只够些米钱。

开学前夜,刘夏知一个猛子扎进凤凰湖,游了一遭回到家中,趁着月色,撕掉了大学录取通知书。第二天,他裹了几个馒头,揣了些车费便进城了。

夏知心里清楚,没有学历,有个手艺活才是唯一的出路,但去哪儿工作成了问题。进了城,车站墙上的牛皮癣广告格外醒目,倒是也有不少招聘广告,可招的都是小时工,性别还卡死在女性上。他啐了一口,四处打探,决定去人才市场试试。

恰巧,人才市场旁边的车展馆,当日便有一场现场招聘会。熙攘的人群在宽大的展厅里,竟显得有些稀拉。夏知攥紧他布袋里的几个馒头,展厅里的冷气开得很足,他额头上的汗珠却忍不住直往外冒。除了他,别人都西装革履,自己身上的土腥味此刻特别刺鼻,夏知第一次闻见了自己的味道。他漫无目的地走着,各类摊位的招聘广告,每个字都能看懂,组合起来却让他似懂非懂,就连代表工资的数字有几个零他都要反复数好几遍。来应聘的人都神采奕奕,精致的简历上写满了过往的成绩。夏知接了很多精美的传单,却无人愿意多问他几句。

稍微体面点的工作都需要学历,他踉跄地转了几天,干粮早已吃光了,快晕倒时,眼前高大光鲜的餐厅如海市蜃楼般出现在他面前,饥饿驱使他一头扎了进去。他衣着虽有些土,但好在不太邋遢。

他进店抽椅一坐,便招呼服务员,翻开菜谱,看了看首页,手指图片:"这,这,都上!"年轻的服务员稍稍打量了一下这位特别的客人:有些干巴的脸上嵌着两颗稚嫩的眼睛,精干的短发细看上去满是皮屑和油脂。顾客就是上帝,拨弄了两下点菜器,服务员便转身招呼其他客人去了。夏知狼吞虎咽地吃完一桌菜后,眼神涣散地侧靠着墙,畅想未来的美好,简单的幸福从嘴角溢出。身无分文的夏知休息片刻后,想转身逃单,脑海里闪过无数个念头,可额头细汗蒸发后产生的寒气传到了后背,死死拽住了他。他又招来服务员,洪亮的喊声里带些颤音:"来一下!"

话音刚落,服务员便一阵小跑地来到夏知面前:"您有什么需要吗?"

"一共多少钱?"

"您一共消费614元。"服务员按部就班地工作,并没有察觉到有什么异样。

"那个,你们这还招人吗?"

"这得问我们老板,先把单结了吧。"服务员瞪着滴溜溜的大眼睛,似乎察觉到了什么,她的声线有些急了。

"先把你们老板叫过来。"

夏知发胀的脑袋已经停止了思考,他一心只想达成心中的目的。年轻的服务员也憋红了脸,僵在原地和夏知理论。他死死盯着服务员的眼睛,青涩的拗劲在瞳孔中放大,在撞到服务员白皙如玉脂的肌肤时,瞬间溃散。

"琴敏,怎么了?"浑厚的男中音从后厨传来。

"这个客人非要见您。"琴敏愣了下,娇滴滴的声音显得很委屈。

"小伙子,找我有啥事吗?"一个满脸横肉、臀肥肚圆,有着厨师模样的人缓缓出现。

夏知见到这个有着一身野蛮膘肉的人,一时间竟说不出话,两条腿在桌子下面直哆嗦,他把身体侧靠在墙上,想找些安全感。

"我们老板来了,你有什么事?"琴敏双手把菜谱环在胸口上,小身板直直地挺了起来。

"小伙子,你是不是没钱?"老板深邃的目光一眼便看穿了他的窘迫,"是吗?"

"不是!"夏知的眼睛里爬上了几处血丝,他生硬地回道。

"那你找我何事?"老板稍稍往前走了几步,笑起来的嘴角让那张脸竟显得有些慈祥。

"我……我想问问你这有没有工作?"夏知忽然压低了声音,目光转向别方。

老板收起笑容,空气凝固了两秒,接着,他说道:"小伙子,是身上没钱了吧?"

夏知不说话,低着的头缓缓抬起来,他扫视了琴敏和老板一眼,又低下了头。

老板见状,叹了口气,摆摆手让琴敏去接待其他客人,又让夏知跟着他一同去院子后的办公室。办公室里的装饰非常简单,只有一个书柜、一张老板桌、一把老板椅和几盆大叶绿植。

"刚进城吗?"老板习惯性地点燃了一支烟,把袖子撸了起来。

夏知点了点头,站在会客椅旁,手攥紧了衣角。

"这样吧,我这也不缺人,你今晚帮我卸个货就回家吧。"

"不能在这干吗?"夏知忽然有些着急,瞪大眼睛直直地看着老板。

"想在我这干啊?"老板顿了会儿,两人沉默不语,直到老板掐灭了半截烟头,"来我这也行,你会啥?"

"我可以学。"

"哪有钱养那么多闲人。"老板讥笑道。

"有个地方就行,没有工资都行。"夏知急忙解释,他太需要一份工作了,"接待客人我行的。"

"现在店里员工有点多。这样吧,明天你就去后厨帮忙洗洗碗,打扫打扫卫生,晚上帮忙卸货,没有住的地方就临时住后厨的储物间吧。"

一切来得太快,有点像做梦一样。还没来得及道谢,夏知就被老板领着前往后厨。

"以后喊我哲哥就行了。"哲老板走在前面,低声和夏知说道,"你叫什么名字?"

"刘夏知。"前面这个有些威猛的背影,夏知感觉倒也不难接触。

一到后厨,哲哥只说了句"新来的",便招呼脖粗脸黑的主厨老汪安排工作。

看着这个黝黑壮硕的男人缓步而来,夏知不由得打了个激灵。

"这是丹尼·汪,之前可是在法国的五星餐厅做主厨的,他不喜欢人家喊他中文名,以后叫他老汪就行。"哲哥调侃道,顺手拍了拍夏知的肩膀,把他推到了老汪的身旁。

"搁我这,你小子可得老实了。"老汪操着一口纯正的东北话,坏笑道。

夏知脸憋得通红,这让周围人笑得更欢了。

正式进入餐厅后,刘夏知除了白天送餐、晚上盘点,就是清理厨房和卸货,日子过得算是平淡。他看着每日来来往往的各色客人、日渐翠绿的法国梧桐,还有灵动可爱的琴敏,想着日子能再过得慢些就好了。时间久了,老汪对这个听话肯干的年轻人渐渐放了心,经常在闲暇时同夏知说些曾经的光辉岁月,道出的故事里常常夹杂些蹩脚的英文,一九九几年的故事里也有智能手机串台,这让一个刚从农村出来的小伙子回味时经常会心一笑,但夏知从来不去深问,毕竟这个大哥的手艺一绝。摸爬滚打多年的老汪,对人情世故明白得很,自己那些异域往事,只能糊弄糊弄黄毛小子,可夏知那些小心思,却都收在他心里。

"兄弟,你是看上我们家琴敏了吧?"老汪趴在夏知的肩膀上,轻声说道。

"没有没有。"夏知的血液瞬间冲上了脑袋,一下子从脖子红到了耳根。

"嘿嘿,你可骗不了我。你可别打咱琴敏的主意,人家还在上大学。"

"大学生?"夏知回头惊讶地看着老汪,那可是他梦寐以求的地方,遗憾在胸口弥漫,心里有着百般滋味。

"正儿八经的大学生,还是98什么的大学,反正很厉害。"

"985?"

"对对对,985、985。"

"那……那确实挺厉害的。"

"小兄弟,听哥说啊,这男女之间的感情,就像做菜一样,这菜啊,火候、调料、原料,一样拿捏不住,同一道菜的味道都会不一样,这感情啊,也是,你差一分,差一秒,都会不一样。"老汪拍了拍夏知的肩,意味深长地说道。

"两个人愿意在一起不就行了吗?真的有那么复杂?"听似很有道理的话,却让他难以理解,对初出茅庐的他来说,"事在人为"就是人生信仰。

"男人就该好好搞事业。"

"那你为什么不自己开饭店,还在给别人打工?"

老汪被气得一时说不出话来,瞪了他一眼,嘴里冷哼了一声,便不再和他说话。

"小刘啊,没事别总听老汪瞎吹,多干点正事。"伴随着爽朗的笑声,哲哥出现在两人眼前,冲着夏知说道。

"哲总,我都这样了,你还拆我台。"老汪无奈地说道。

"你可别看老汪现在这样,他那些出国的事就不提了,可做菜的手艺真是一绝。"哲哥的两个眉毛一弯,乐呵呵地说着。

快到饭点,一辆略显豪华的轿车停在了门口,正当老汪准备上前阻止时,车门缓缓打开,琴敏红着脸从车里走了出来。和车主作别后,琴敏转身进店,看见他们仨正瞪大眼睛盯着她,便低头匆匆打了招呼进里屋了。

"嘿,琴敏谈恋爱了。"哲哥拍着脑门高兴地说道。

"我看那开车的打扮就不像好人,你可得提醒琴敏注意啊。"老汪就像心疼自己家闺女一样,忙让哲哥想办法。

"拉倒吧,你看看你自己,还说别人不像好人。"哲哥摆了摆手,心里有些犯难,也有点不知所措。

"车上那个还不如夏知呢。"老汪指着夏知说道。话音刚落,夏知便急得跳起来质问道:"什么叫还不如!"

"好了好了,你们自己啥样心里没数吗?马上来客人了,都干活去。"

两人听罢,便老实地工作去了。夏知握了握拳头,想去一探究竟。他站在琴敏必经的通道上,装作若无其事地干着活,等着她。

"送你回来的那个,是你男朋友吗?"看见行色匆匆的琴敏路过,夏知赶忙追上问道。

"啊,不是不是。"琴敏疯狂地摇头道,羞红了脸惊讶地看着夏知。

"那……那你喜欢什么样的?"夏知既紧张又开心,嘴巴不自觉地比脑子快。

"对我好就行。"琴敏想了想,冲他笑道,然后便去前台点账了。

夏知若有所思,看着她青春曼妙的背影,仿若世间的美好尽在此。画面逐渐朦胧,沉浸式的幻想带他坠入海底,光影伴随胶片快速闪过他和琴敏幸福的一生。

回到后厨,夏知在老汪旁边机械地刷着盘子,忽然冷不丁地说道:"我喜欢琴敏。"

老汪当听不见,继续翻炒着锅中的热菜。每个人都做着自己的事,厨房里只有聒噪的锅碗瓢盆声。

临近午夜,后厨打烊。老汪靠在灶台前,品尝着桌上的剩菜,他认为一盘菜,如果顾客剩得多,肯定是哪里做得不够好。品鉴完今天的剩菜后,他瞥了眼正在擦桌子的夏知,一边擦手一边问道:"你喜欢琴敏吗?"

夏知加大擦桌子的力度,却默不作声。

"琴敏是哲哥的女儿。"

夏知眼中忽现的光,转瞬就消失了。

"其实,哲哥就是那个……"

"老汪!"老汪话音未落,便被突然出现在门口的哲哥喊住,"没事瞎聊啥呢?赶紧把今天的账点了。"

老汪向夏知使了个眼色,示意他继续干活。琴敏的身世夏知不想管,哲哥的身份他也不想知道,他努力鼓起勇气,想向琴敏倾诉,正当他下定决心时,恰好看见端着蛋糕走来的琴敏。

"等会儿再忙,快来吃蛋糕。"

她天真烂漫的笑容,击散了夏知的冲动,能每天看见她的笑,就是最美好的事。夏知怕表白后会尴尬,不如这样一直陪在她身边,便把情愫全隐匿在心底。

"今天是谁的生日啊?"夏知从未吃过这么好吃的蛋糕,香浓的巧克力味还带着冰冰凉凉的口感,他忍不住打听今天过生日的人。

"就是送我回来的那个男生啊。"

夏知噎了一下,顿了一会儿,便又狼吞虎咽地吃了起来。

琴敏因为要上学,许久都没来上班。其间,夏知没忍住还打听了一次,哲哥只是说她课程紧,再没别的消息。老汪看出夏知的心思,每天中午都会给他留几块好肉。

"如果这家店一直在,我大概会死在这里。"老汪看着旁边正狼吞虎咽的夏知,一边大口嚼着槟榔一边说道。

"我不知道去哪,但我不能一直在这。"夏知头也不抬地回道。

"你还小,趁年轻多出去见识见识,反正我这辈子就这样了。"

"琴敏回来了,琴敏回来了!"店里的伙计突然指着门口大叫道。所有人都站起来迎接许久未见的琴敏,她是店里唯一的花骨朵,微笑始终向阳。

"琴敏,你总算回来了,可把我们夏知想坏啦。"老汪一把拽住躲在身后的夏知,把羞涩的他拎到琴敏面前。

"你……最近还好吗?"夏知小声地问道,所有人都嬉笑地看着热闹。

琴敏瞪大眼睛,下眼皮兜不住渐多的眼泪,泪水滴落在地板上。她捂着脸蹲在地上,放声大哭。所有人都不知所措,老汪赶忙上去拍着她的背安慰。

"怎么了,琴敏? 有什么事和我们说,我们都在,谁欺负你了?!"老汪严肃地说道,小弟们在后面齐声附和。

琴敏一边摇头,一边撕心裂肺地哭着。

"别问她了,感谢大家这段时间的努力,过几天,这个店就不开了。"哲哥从门口走过来,略带哽咽地说道。

"什么!"老汪猛地站起来,双手抓住哲哥的衣领,赤红的双眼死死盯着哲哥。老汪似乎知道什么,但还是想确认一下。

"没什么。"哲哥拨开老汪的手,转身走到后面的院子里,猛吸一口刚点上的香烟,味道熟悉却有些让人不适应——他戒烟很久了。

"哲哥。"夏知悄无声息地从哲哥身后出现,并给他递了两张纸巾。

"这段时间还好吧?"

"挺好的。"

"这店过段时间就不开了,我把你介绍给了一个朋友,他是干装修的,你去跟他学个手艺,以后去哪都能有口饭吃。"

"这店……怎么了?"

"这店没怎么,可能都是报应吧。"哲哥摇摇头,苦笑道。

事情来得快,发生得也很突然。夏知隔夜醒来,看见搬家公司的人正匆忙搬货,周围的大件物品几乎都被搬走了,这一刻他好像变成了透明人。

他站在门店的玄关处,恍如隔世,曾经的所有幻想顷刻坍塌。哲哥给店里所有的兄弟都找好了下家,不满意安排的也都自己去找工作了。

和大部分人一样,向生活妥协的夏知,拿着哲哥给的地址,找到那个装修师傅。"高山流水,择木而栖。"这是装修师傅陶自得的座右铭,他的装修公司坐落在郊区,他做事和交友也都讲一个"缘"字。陶自得接过夏知手中的信件,简单看了下,便随手扔进了垃圾桶。

看到信被扔进垃圾桶,夏知的手心不停地冒冷汗。

"别紧张。"陶师傅不紧不慢地点着一根烟后,慢慢抬起头,看着眼前这个略显拘谨的青年,挥挥手示意他坐下,"既然是阿哲介绍来的,我也不废话,先说规矩,在我这,执行力很重要。"

夏知听罢,拼命地点头,他面前这个看起来五十岁有余的老头,深邃的眼神让人捉摸不透。

"生活是个圈,阿哲他有今天也正常,你可不要走他的老路,要踏实工作,知道吗?"

"好。"夏知连忙点头,并问道,"那个,哲哥他……?"

"你不知道他的事吗?"见夏知满脸疑惑,陶师傅吃惊地问道。

"不知道,是有什么事吗?"夏知渴望地看着陶师傅,并问道。

看到他天真的模样,陶师傅摇摇头并笑道:"他曾经是老汪的老板,有那么好的家庭和生活,却非要和小姨子搞在一起。那个小姨子也不是善茬,先是逼阿哲离婚,然后和阿哲的合伙人一起骗了公司的全部资产,并转移去了国外,好在给阿哲留了一个孩子。"

"那这个店怎么说关就关了呢?"夏知追问道。

"这就是生活的一部分。你先去收拾一下吧。"

夏知看陶师傅风轻云淡、欲言又止的样子,也不好再追问,便随他熟悉工作场地去了。

场地不大,但五脏俱全。凌乱的办公桌旁,也有待客的会客厅和供休闲娱乐的棋牌桌。

"装修啊,很有讲究的,既要美观,也要方便,必要的话,整个屋子的格局都要打破重新设计,这里面的门道够你学一辈子,但你在我这学习个两三年,出去自立门户没问题。"陶师傅背着手,自信地说道。

"好的,陶师傅。"夏知附和道。对他来说,装修确实是个全新的领域,但他也明白,这其实就是个施工团队,一个包工头加一群散工。师父领进门,修行看个人。

"你别看我这地不大、人不多,但有好多人大老远地来找我帮忙看房子。明天你就和小王去现场学习学习吧。"瞧着夏知木讷的神情,他又补充道。

夏知回头看着躺在沙发上跷着二郎腿的小王，内心不免有些怀疑，这里是否真的能学到手艺。

"兄弟，你跟着我，可得跟紧了。"小王将手掌交叉放在脑后，一脸坏笑道。

"你别看他平时吊儿郎当的，他干起活来可一点不马虎，功夫可是我们这儿最好的。小王你坐好，给新来的兄弟做好榜样，别一天到晚没个正形。"陶师傅一边给夏知介绍正调整坐姿的小王，一边略带宠溺地训斥道。小王撇撇嘴，不情愿地乖乖坐好。

隔天，小王带着夏知去装修现场，夏知在一旁认真地观摩学习。小王确实有两把刷子，在他的操作下，原本凹凸不平的墙面不一会儿就大变样。装修这活粉尘很大，夏知不自觉地捂住口鼻，粉尘在空气中弥漫，夏知感觉全身都不自在。

"我包里有口罩。"听见夏知咳嗽的小王，好心地提醒道，但他依旧专注地忙着手中的活，简直与刚见面时判若两人。

夏知忍了会儿，但最终还是没坚持住，去包里取来口罩，顺便给小王捎来一个，小王无暇顾及，不耐烦地摇头拒绝了，夏知犹豫了一会儿，便把口罩放了回去。

夕阳西下，火烧云布满天空。两人坐在堆满废弃物的地上，对视了一下。

"这天真美。"小王熟练地吐着烟雾，淡淡说道。

夏知不说话。

"你上个老板的事我听说了,可能这就是生活。"小王又吐了口烟,和空气中的粉尘混在了一起。

"他怎么了?"夏知的眼睛忽然放光,他激动地侧过身赶忙问道。

"据说啊,你上个老板的私生女傍了个'富二代',但可惜运气不好,那'富二代'是个惯骗,骗她去贷款,还是什么裸贷,就是拍裸照借钱,利息还高,你老板最后没办法,为了女儿的名声,就把名下资产全都抵了用来还债。"

夏知的胸口如被巨石压着一般,他不理解也不甘心,当初曾幻想的永恒如今却已悄然幻灭。

"那老汪呢?"夏知有些哽咽道。

"他啊,据说知道你老板被骗后,就主动上门找你老板,想和你老板联手去惩罚那女的。但你老板当时正在气头上,两人意见不合便打了起来,双双进了局子,好在有警察调解,两人互相了解情况后,竟成了好朋友,可能敌人的敌人就是朋友吧。"小王说着说着,不自觉地笑了起来,并反问道,"你说,这人哪,是不是贱?"

"你是怎么知道这些的?"夏知还是不相信,想再次确认。

"听陶师傅说的呗,他那房间又不隔音,加上他老人家又喜欢八卦。"

"嗬,钱真是王八蛋。"夏知冷笑道。

"哎,你可千万别这么说,钱才不是王八蛋,人才是。"

"要不是贷款,琴敏也不会这样!"夏知情绪稍显激动,双手使劲地拧着大腿。

"别别……别这样,兄弟你冷静点。那女孩要是跟了你,还会有这事吗?可她为什么不愿意跟你,你自己不清楚吗?"小王把身子往后挪了挪,仍极力维护自己的观点。

"为什么呢?"夏知看着小王身后的夕阳,激动的心逐渐平复。他恨自己的无能为力,他现在没有任何理由去为她疯狂。有些人,凭空出现后又凭空消失,或是惊艳了岁月,抑或是辜负了时光。

惊蛰

在装修公司干了几年,夏知刚好也到了可以成家的年纪。每次回家,父母都要为他的终身大事操心,经常询问他在城里有没有认识适合结婚的姑娘。夏知自己也觉得到了年纪,偶尔也会向中意的女生表露心意,但屡战屡败,战果为零。老两口对儿媳没什么要求,能踏实过日子就行。

邻居家的闺女是夏知的青梅竹马,男大当婚、女大当嫁,两家长辈一拍即合,随即撮合两人。虽然两人从小就认识,但在这种有预谋的场合见面,还是难免有些尴尬。邻居的闺女春晓对婚姻的概念比较模糊,但对夏知这个从小玩到大的哥哥颇有好感。但夏知的心里始终藏着一个念想,见过了出水芙蓉般的琴敏,他心中的波澜又如何平复?

老两口看着周围亲戚家的孩子一个个都结了婚,于是每天和夏知的通话内容,从别人家的孩子工作怎么样,变成了现在的别人家的孩子娶了什么样的老婆,日子过得怎么样。夏知明白父母的意思,换汤不换药的催婚渐渐让他变得麻木,他每次也都嘴上答应着父母，想着糊弄糊弄就过去了。

"夏知哥。"

"你怎么在这?"看见春晓正在自己家里打扫卫生，夏知不免有些吃惊。

"我怎么不能在这儿？我们两家挨得这么近，你一年也回不来几次，上次你爸身体不舒服，怕你忙没敢告诉你，大晚上的你妈来敲我家门，还是我给他俩送去医院的。"春晓丢下抹布，双手叉着腰没好气地数落着夏知。

夏知被说得脑瓜子嗡嗡作响，一时间无言以对。夏知的母亲老夏端着热腾腾的红烧鸡从厨房出来，看见气势汹汹的春晓，赶忙放下红烧鸡，笑着上前挽住春晓的手臂，指责夏知欺负春晓。夏知无奈地轻叹一口气，向春晓道歉。

春晓见状立马还给夏知一个大大的笑脸，她的笑容就像田野上盛开的小黄花，夏知也不自觉地跟着笑了。

"春晓啊，你今晚就在我家吃饭，正好夏知也回来了。"老夏热情地邀请道。

"好啊好啊。"都是几十年的邻居，春晓自然不怵，高兴地答应了下来。夏知的身上有她熟悉的乡土味，其中还掺着些城市气息，这别样的感觉竟让她有些着迷。

饭桌上，老刘忍不住，放下筷子开门见山地问道："春晓，你父母催你成家了吗?"

春晓听闻即知意,唰地一下从脸红到了脖子,她把头埋在碗里,心不在焉地扒着饭。

"我们家夏知也单着,你们都是我从小看到大的,我一直把你当成亲女儿看,你要嫁给别人我也不放心啊。"老夏立马接过话,打起了感情牌。

"妈。"夏知感觉气氛有些尴尬,也有些羞怯,他用眼睛微瞥了一下旁边的春晓,心跳加快。昏黄的白炽灯配上一起晚餐的画面,有种淡淡幸福的感觉,这也是夏知想要的。春晓偷偷地看了眼夏知,两人目光触及的刹那迅速扭回头,老两口看在眼里,高兴地给两人夹菜,用拉家常来缓解桌上羞涩的尴尬。

家还是那个家,春晓还是那个单纯的春晓,久违的心安在夏知心里蔓延。

鞭炮声中,春晓与夏知在亲朋好友的祝福里定格。在老人的催促下,他俩的儿子刘秋航也出生了,刘家三世同堂,没几天这喜讯就在村里传开了,活了半辈子的老刘和老夏觉得也算是圆满了。

成家后,"立业"的重担落在了夏知的肩上。小两口虽然分居两地,但好在相隔不太远。夏知独自蜗居在城里,周末有空就回去,偶尔趁着在工地上休息的时候,他会抱着书看一看,但因太久没有潜下心学习,加上已经在社会上漂泊了几年,书上密密麻麻的文字,再看已没当年的感觉,权当打发时间。本还想攒点钱再去读书的他,自从秋航出生后,便彻底打消了这想法。春晓看在眼里,心里很是明白,以后孩子的学费和生活费,都是家庭开支的大头,让夏知辞去工作出去学习,她冒不起这个险。夏知也不想秋航以后跟自己一样,因钱误了学业,再上学的心渐渐放下,按部就班地工作才是他生活的重心。

最近市里在搞规划,要划一片新的开发区,恰好拆迁的区域划到了夏知他们村子。大大的"拆"字圈在老房子上,在外人眼里,这就是被贴上了"暴发户"的标签。政府在测过面积后,没多长时间就开展规划工作了。夏知一家分到了三套安置房加一些补贴,突如其来的资产,让全家人激动不已。在城里有一套房,是夏知的梦想。经全家集体商议后,一家人决定卖掉一套安置房再加些现金去市区里购置一套房产。说干就干,房子置换后,一家五口人便从农村的大宅院搬进了城里六十平方米的两室小房,开始了城市生活。

夏知家所在的小区不算高档,但相比之前的田野环屋,这里的道路环境要好太多。唯一不习惯的,大概就是少了经常串门的街坊邻居。夏知一直在城里务工,对城市生活比较熟悉,春晓因为年轻,也还算适应城里的社区生活,可楼房的生活对刚进城的老两口,有点不太友好。老两口每天在家除了烧锅燎灶,便只能看看新闻,孙子秋航也不用他们操心,春晓给秋航报了市里最贵的私立幼儿园。种了半辈子地的老两口,想想之前,好像平时除了找邻居唠唠嗑,也没别的爱好了。思前想后,他俩决定出去找点活干。

在田里干了几十年,因常年的风吹日晒,二老的岁数看起来比同龄人要大,加上城里工作岗位竞争激烈,两人找工作屡屡碰壁。市里饭店的洗碗工基本上都是学徒,年轻小伙一个顶俩;开工程车、当月嫂又需要执照和经验。无奈之下,最后他俩托了村里一个熟人,被安排进了一家环卫公司,做了光荣的"城市黄玫瑰"。

春晓同夏知去了装修公司,加上每月两套房的租金,家中收入和生活水平搁在农村勉强算得上光宗耀祖。

勤俭持家一直是农村人的优良品质,老两口每天按时按质完成任务后,经常会在路上捡些瓶子带回来。本就不大的客厅,被两麻袋的瓶子一占就显得格外小。这事春晓嘴上虽不说,但打扫客厅时,总会稍带拨弄和掂量下。夏知看得出春晓有些在意,可这事又算不上大问题,他便默不作声。

自结婚以来,春晓一直都是懂事的主儿,房子里里外外都被打理得井井有条。看着她每晚睡前欲言又止的神情,夏知为此也想了很久。

眨眼间,秋航就到了该上小学的年纪,接送秋航成了难题,老夏想着年轻人挣得多,便主动承担起接送秋航的重任,这样也能多和孙子亲近亲近,于是她成了专职"保姆"。除了接送、做饭、做家务,老夏没有什么其他要做的事,相比之前干农活时空闲了太多,因时间零碎又不能去做兼职工作,于是在路上捡捡瓶子成了老夏的副业。

年底,春晓望着蜗居在客厅的一家五口,晚上向夏知表明了心思:想换一套大点的房子,这套留给老两口,怕后面孩子大了也不方便。夏知不知怎么回应,手中是有些余钱,可要再在市区添套大房还是太难了,现在房价涨得快,另外两套又不舍得卖,想等以后孩子大了自己两口子也能有个地方住。夏知想着想着就睡着了,春晓见他没吭声,便合上了眼,却失眠了一宿,第二天醒来一切照旧。

同屋的气氛越发微妙,老夏和老刘过得小心翼翼,在饭桌上的话越来越少,秋航不在,春晓几乎也不怎么主动说话。老两口知道,这媳妇儿嘴上不说,可态度相较之前住在一起时,有了翻天的变化。老夏也不知道是哪得罪了春晓,老两口怕夏知为难,也没敢问他。只是老夏刷锅洗碗更仔细了,解完手还要瞅瞅有没有弄脏马桶。她从小看到大的春晓,没想到同住后竟有些陌生,有些事做得不利索,透过眼睛的余光,总觉得能感知到春晓的不耐烦。

老夏萌生了回农村再盖套房子安享余生的想法,可转念一想,现在的生活又是她的梦想,三世同堂,不愁吃穿,说出去还有些排面,这忽然回去,肯定会被街坊邻居嚼舌根,想到这,她冒了身冷汗便打消了念头。

与往常一样,老夏卖完前几天捡的瓶子就去校门口等秋航放学。秋高气爽,这种天气比较少有了,校门口的家长们心情难得舒畅,补习班的推销员们瞅准了时机,倾巢出动。老夏望着漫天的传单和正相互交谈的家长们,不识字的她有些孤单,眼睁睁看着一张张花花绿绿的补习班宣传单被塞进手里,不知道哪张有用、哪张没用。她只能尽力从周边家长们的聊天内容中获取信息,了解哪家补习班好,哪个老师厉害。

"阿姨,您是在等孙子吧?您孙子多大啦?"推销员可能会迟到,但不会缺席。经验丰富的小周在茫茫人海寻了半天,终是找到了心仪的客户。

"嗯,刚上一年级。"老夏看着小周,拘谨地说道。电视里经常会播老人被骗钱的新闻,所以对陌生人老夏心里都会留个底,何况自己也没有城里人聪明。

"哟,阿姨您是坝上的吧,这口音可太熟悉了!"小周两眼直放光,真诚单纯的神情让人动容,眼角就差些泪花了。

"哎,小伙子,你也是坝上的吗?"

"是啊,阿姨您叫我小周就行。"老夏听小周说罢,提着的心瞬间就落下了。

坝上村不大,村里村外都认识,村里的人真聊起来,祖上都能续上亲戚。偌大的城市遇见老乡实属不易,尤其还是在喧嚣的街上,能找个聊家长里短的人太难了。

"哎,您孙子学习咋样啊?报补习班了吗?"

"还没呢,我们也不懂。"

小周根据经验,计算着就要打下课铃了,顺势便把话题转到了老夏孙子身上。小周指着手里精美的宣传单,熟练地向老夏介绍起培训班的课程。"每月要上多少节课""课时费怎么收"这些话题小周统统略过,知道说多了老夏也不懂,所以直接说重点——学不好包退费,再担上村头他二舅的名声,让老夏越听越觉得靠谱。

"咱输啥也不能输在起跑线上。"小周这句话一锤定音,让老夏坚定了给秋航报班的想法。

老夏看了看课程的价目表,挑了个价格适中的少儿英语培训班,在询问好流程后,便直接交了定金,美其名曰是要支持老乡工作,实际上也是了却自己的一桩心事。自接送秋航以来,老夏一直都在听别的家长们讨论自己孩子学习的事,她自然不想秋航在学习上落下,但碍于自己没什么文化,她也不知道该如何给秋航辅导,小周的出现正好帮了忙,想着秋航不会在起跑线上落下太多,心里算是有了个安慰。

下课铃声一响,家长们纷纷停止交谈,站在原地翘首等待自己的孩子。学校门卫在看到第一批学生冲下楼后,才开始不紧不慢地推开校门。学生如潮般拥出校门,待前面的家长们接到孩子渐渐散去,秋航才慢慢出现在老夏的视野里,他并没有同龄学生放学时的激动,每天都像个懂事的小大人,问问老夏站着累不累。老夏今天还没等孙子开口,便激动地告诉秋航自己给他报了英语培训班。一听周末还要上课,刚才还小大人模样的秋航瞬间变得有些委屈。老夏见孙子有些郁闷,便带他去小卖部买了包薯片,再哄两句,孙子情绪便好了。

秋航上培训班的学费不是一笔小数目,老夏自己虽有些余钱,但要承担全部学费还差些,只能靠平时多捡些废品,变卖换钱。校门口废品还是比较多的,老夏有时候运气好还能捡到打包好的废品袋。

从校门口到公交车站台这一小段路程,老夏不知不觉已捡了十多个瓶子,用随身带的绳子捆在一起,挂在手上,它们发出的声音,像一串铃铛。

"捡破烂,捡破烂,刘秋航捡破烂!"

老夏和秋航的身后忽然传来一阵小孩天真的笑声。离家近的同学正结伴回家,他们看见给老夏递空瓶子的秋航,便忍不住找点乐子。秋航想回嘴但又不知道说啥,只好气得大喊:"你们才捡破烂,全家捡破烂。"

老夏紧张地环顾四周,就算童言无忌,但路人的眼神让气氛瞬间变得尴尬。她一面赔笑,一面拽了拽秋航。老夏觉得自己给孙子丢了脸,不自觉地朝怀里裹了裹手里的那串瓶子,将它们拽得更紧了。

捡瓶子被秋航同学发现的事,老夏攒在心里,一路上默不作声。回到家,秋航的脸上写满了委屈,春晓刚准备问个究竟,老夏便一五一十地把这事全交代了。春晓听完心里咯噔了下,这事也怪不得谁,只能自己哄哄秋航,小孩没几天就会忘了。

晚上,春晓在床上翻来覆去,几经思想斗争,最终还是把这事跟夏知说了。春晓表示苦谁也不能苦了孩子,都进城了还要被瞧不起,说什么也不能受这委屈。夏知在听完春晓的抱怨后只能叹息,攥在手里的两套房是唯一能让他感到踏实的。

春晓看夏知让老两口搬出去住有难处,便动了安置房的主意,夏知听了急得直瞪眼,骂咧了声便扭头睡去了。春晓噘着嘴嘟囔了句"以后不也都是你的",然后白了他一眼,背对着也睡去了。

第二天,夏知起床穿上只在结婚时穿过一次的西装,早早地便出了门。春晓迷迷糊糊地看了眼他,这还是她第一次见夏知这么精神地上班,虽感觉有些奇怪,但也没多想,莫名感觉夏知是想努力了,昨晚心里窝着的火也就消了半截。她见老公这精气神,觉得自己也该努努力,帮夏知分担些生活压力,下午把自己收拾了下就去找兼职了,想趁着还和老两口住一起,能腾出手来多挣点钱。

傍晚,夏知一到家,便神采飞扬地宣布:"咱家在市里又有房啦!"

一家人完全听愣了神。看着他们迷惑的眼神,夏知不急不慢地拍着桌子说道:"我今天投了笔钱,两年内就能翻番!"

春晓听不太懂,老两口也相视一眼,觉得天上不会掉馅饼,钱哪会来得那么快?加上电视新闻经常播诈骗犯罪的事,心里总觉得哪不对劲。夏知似乎早料到他们不信,缓缓把购房合同从包里拿了出来。一家人望着这套市区的房产合同,不禁都长舒口气,既然是家里顶梁柱做的决定,结果是好的就行。春晓把合同拿在手里仔细翻阅,心里虽然有些担忧,脸上却笑得合不拢嘴。老夏边给夏知夹菜,边嚷嚷着快吃,怕菜冷了。老两口对投资不懂,只知道能赚钱,儿子有出息,就觉得自己这辈子没白活。

夏知两三口吃完碗中的饭菜,匆匆去卫生间拧开水龙头冲了把脸,然后抬头看着镜子中的自己,任凭自己脸上的水珠滚落。房产交易的画面在他眼前迅速回放,一切就好像做梦一样,巨大的信息量缠绕着,在脑海中久久不能散去。为新房,为投资,为生活,用手头现有的房产抵押贷款,然后置办了现在的一切,所有的操作都是为了输入正确的财富密码,他甩甩头,告诉自己,既然选择相信就不再去想。

新房全部置办完还需不少时间,一家人经过商量,决定把现在的房子留给二老,他们搬去新房。现在虽然生活好了,但老夏还是念着以前在农村的生活,老刘也是一样,只是放心不下孙子。老两口经历过困难时期,一家人能整整齐齐坐一块吃饭不是件容易的事。时代在进步,日子越来越红火,瞧儿子这么努力,老两口再想到自己的年纪,心里稍有些慰藉。

老夏现在是数着日子过,想到一家人马上要分开住,心里多少有点不是滋味。这城市错综的街道,和村里的田埂一样多,里面弥漫着新时代的香甜,也饱含着对过往记忆的深思。

秋航去英语培训班有两个月了,放学走在路上时不时还会指着街边的东西说两个单词,老夏虽然听不懂,但看孙子说得有模有样,感觉钱算是没白花,心里憧憬着秋航考上名校光宗耀祖的景象,还顺便感激了一下小周的悉心介绍。

有了新房贷,春晓身上的担子更重了。拿房产证那晚,夏知同她支吾了声,房子只付了首付,表示以后他的工资要用来搞投资,希望春晓支持他,还保证一年之内一定会把房贷还清,可在这之前,春晓要多苦点累点。为了保证家里的日常开销,以及照顾好秋航,春晓做了两份兼职,她明白,结了婚、领了证,生活就是一家人的事了。

本来小康的生活慢慢变得拮据,连水果的价格都让春晓望而却步,她只能偶尔买半斤当季水果尝尝鲜。连轴转了好几周,春晓渐渐感觉身体有些吃不消,而希望是最好的安慰剂,曾经不敢想的城市生活,现在也有了,未来总会好的,每次感觉撑不下去时,她都咬咬牙告诉自己不要放弃。

夏知越来越忙,作息时间也越来越反常,经常早出晚归。老刘望着整日操劳的儿子,不免有些担心,平时怎么问他都不肯透露工作的内容,便想去看看每天西装革履的儿子到底在做什么工作。老刘知道,问多了夏知会烦,但又好奇儿子整天在忙啥,而且每次亲戚邻居问他关于夏知的事,他都只能含糊其词地回答。

老刘的直觉让自己请了一天假,他精心乔装尾随夏知,跟着儿子见世面去了。倒了两班地铁,老刘跟到了一个空旷的工业园区,附近几栋新建的大厦鲜有人烟,毫无生气。老刘不敢跟太紧,怕被儿子发现,好在附近的绿化不错,他缓步躲在绿化带边随着夏知到了公司楼下。玻璃墙与自动门相得益彰,老刘止步于此,在高高的大厦下有点不知所措,嘴上不禁叹道:"这小子啥时候换了个这么体面的工作。"

没啥文凭的儿子也能进写字楼,这是老刘没想到的,他有些窃喜,也有些没底。他知道儿子之前是做装修的,现在忽然飞上枝头当凤凰,整天神神秘秘的,老刘一时半会儿不能适应。

目送儿子到目的地,心安的他准备回家。不会用智能手机的老刘,只能沿着绿化带原路摸索到公交车站。宽敞的马路一直延伸到地平线的尽头,老刘在高楼周围徘徊许久,气温逐渐滚烫。艳阳下,老刘忽然望见亲切的人工垃圾车,赶忙上前察看,发现这车跟自己的竟是同一个东家的,两个同事一碰头,话匣子便掩不住。

负责这街道保洁任务的环卫工宋长平,是个拆迁户,也是个直肠子,一听是同事,名字都没问,就把自己家里里外外的发展史都说了个遍,虽然没啥实质内容,但老刘听得很是开心。老刘在得知平子家就住这后,便忍不住打听这里的情况。

"哦,这边被规划后,据说本想弄个新商业区,说实话,这里确实是有点偏,商业区肯定做不赢。可这地啊,建完闲着也是闲着,于是开发商就便宜租给一些皮包公司了。"

"皮包公司？是那种骗人的皮包公司吗？"老刘试探地问道。

"这个还真不好说，他们说楼下停的都是好车，保安说这都是干金融的，有钱！"平子边说边指着远处的车子。

听到这，老刘紧皱的眉头缓缓舒展开了，嘴上嘀咕着："那就好，那就好。"

"但我也听说，这里有不少骗子。"平子又接着说道。

养了这么多年的儿子，老刘心里有数，虽然不知道夏知怎么干上这行的，但不做违法的事就行，夏知的为人老刘清楚。他和平子又简单寒暄了几句，便动身回家了。

春分

叮叮当当几个月房子就装修完了,老刘和老夏知道后,便闷声帮他们小两口收拾行李,等他们真的出门要走时才嘱咐有没有忘带东西,直到给他们送上车,老两口的声音才渐弱。摇下车窗,夏知示意他们回去,老夏直直地扶在窗边,手轻轻地放在夏知的肩上,让他千万照顾好家。夏知连连点头,脚不自觉地搭在油门上。随着车子缓缓前行,老夏才慢慢松手。看着车影渐渐消失,老两口才肯回屋。子女一搬走,房子便清静了,从白天一直安静到晚上,两人谁也不说话。

这一分居,秋航上培训班的学费自然都落在了春晓头上,给秋航交费的时候,她内心波涛起伏,惊讶老夏得卖多少个瓶子,才够给秋航交齐学费。春晓不好意思让老人们再操心,想着他们能多省点钱,累了大半辈子,该多吃点好的。背着贷款的春晓一刻也不敢休息,每月微薄的工资得供着一家三口的衣食住行。她已经很久没见过夏知的钱了,说是搁在基金里不能动,每天好几万上下。春晓看他每天乐呵呵且自信的模样,虽然自己连着好几个月没休息,却莫名充满了干劲。

晚上躺在床上,听着夏知跟她描述富人区的样子、上流社会的晚宴,还有带她一起赴宴的承诺,春晓睡得甜甜,但早上醒来发现身体很是疲倦,她觉得自己多休息下就好了。春晓拖着疲惫的身子准备去卫生间刷牙时,被墙角的落地镜吸引,她看着镜子里的自己,眼角爬满了褶子,蜡黄的肤色把皮肤上忽然长出的斑点衬托得更加明显。她呆呆地站在镜子前,粗糙的手掌抚摸着布满岁月痕迹的脸颊,想着还得和夏知去参加晚宴,自己又不会化妆,还得忙着工作挣钱,焦虑瞬间涌上心头。春晓突然想念夏知父母在的日子,想念农村的恬静生活,想念刚温饱时的快乐。

"是刘夏知吗?何春晓是您的爱人吗?麻烦您来一趟医院。"

人多但不嘈杂的医院住院部,弥漫着浓重的消毒水味,夏知在白色的长廊里小跑,不自觉地攥紧渗出冷汗的拳头。他顺着门牌找到了被告知的那间病房,推开门便看见躺在病床上的春晓,她打着点滴,脸色惨白。春晓看见夏知来了,急忙起身,想努力证明自己身体好好的。夏知赶忙上前扶住她,自己慢慢坐到床沿,询问她感觉怎么样。春晓支吾了句"还行",便岔开话题问起了家里的情况。夏知给她简单整理了下床位,盖了盖被子,便起身去找医生。

医生简单问询了一下夏知的身份,便告诉他春晓的病情,夏知听后只觉脑袋一晃,半会儿没缓过神来,好好的人怎么会突然得了尿毒症?之前他都没听过这病,直到刚听了医生解释,才明白这病难治,治疗费用也高。医生说话还算委婉,让他做好各方面的准备。

夏知一回到春晓的病房,便坐到春晓的床边,问她有没有想吃的。春晓摇摇头,只是着急想知道自己的病情,她只记得自己因为太累,刚想趴在桌子上休息,头一歪便倒了下去,听到稀稀拉拉的脚步声后就没了知觉。

"医生说了,你身体好得很,该吃的吃、该喝的喝,啥都别想。"夏知一边不停地揉搓着春晓的手,一边安慰道。

春晓听后将信将疑,但她更关心的是工作,这一天的工资没了不说,因为看病还花了不少钱。她把头侧到右边,看着窗外透蓝的天空,轻叹了口气后摆摆手,让夏知赶紧上班去,别耽误了工作。

夏知安顿好春晓后,便离开了病房。凉风透过后背,他不禁打了个冷战。他有些害怕,手心不停地冒汗,心脏因跳得太快而有些沉重,他坐在医院外的长凳上,双手不停地揉搓自己的脸。

老夏得知春晓病倒的消息,立马赶到了医院,在向夏知了解了情况后，就赶忙让夏知带着去看春晓。夏知站在病房门口没有进去，发了会儿呆便走了。

回去的路上，夏知狠劲地掐了下自己的胳膊，剧烈的刺痛告诉他这不是梦境。医院外的天空依旧纯净，在他看来却有些阴沉。

医生说，春晓这个病，一年就需要花费近十万块钱，而且还是个无底洞。生活刚开始有些起色，夏知回首过往，不甘的情绪瞬间涌上心头。一边是青梅竹马的妻子，一边是他想光宗耀祖的理想，他和春晓生活的画面不断闪过，内心来回挣扎。街头熙攘，夏知路过繁华市井却觉得心里空荡荡的。路过大型商场，他看着玻璃窗里的自己，心里突然有了答案。夏知朝着车水马龙的十字路口大吼了一声，向世界宣泄着。

夏知步履沉重地来到办公室，瘫软在沙发上。他凭借出色的业务能力，已官至区域经理，分管着公司业务。公司不大，但五脏俱全，办公区域内整齐地摆放着办公桌椅，唯二的独立办公室，其中就有夏知的一间。公司的运营模式是拉人进来投资就有分红，带他入伙的就是这个公司的老板，一位只有二十七岁的年轻人——彼特。

两人初识在彼特新房装修时，夏知作为工头，得闲时便会和彼特交流。从海外归来的彼特，时常会给夏知讲些奇闻逸事，他凭借丰富的见闻和幽默的谈吐,成功赢得了夏知的崇拜。夏知对事物的见解也是十分对彼特的胃口,两人经常会就某个话题展开辩论,不知不觉两人便成了无话不谈的密友。夏知从彼特那了解了一些赚钱的门道,彼特知道夏知是个拆迁户,手头有些资金,两人一拍即合,彼特随即便给夏知支了着儿,让他抵押资产,贷款跟他投资,一起把公司做大做强。夏知做装修时积累了不少人脉,有不少同行的、同村的朋友。彼特打着包票邀请夏知加入,在他的鼓动下,夏知带着朋友们陆续进驻了彼特的公司。

现在春晓出了事,急需用钱,没有办法的夏知在办公室里来回踱步,犹豫了半晌,还是决定向彼特开口。

"小彼,那……那个投资的钱,我现在有点急用,能不能让我取出来?"

彼特默不作声,坐在老板椅上,缓缓抬头望着站在门口的夏知,愣了会儿神后,扑哧一笑。他起身把夏知请进办公室坐下,掏出自己的手机给夏知看,屏幕里红艳艳的数字十分抢眼。

"百分之二十还是百分之五十?都不是。哥,这可是百分之百的收益啊!"彼特搭着夏知的肩,在他耳旁劝说道。

夏知看着手机里一溜排红色的数字,大脑一片空白,不知如何回应。

"如果这时候撤资,可得想好了。再说,这公司现在也算有你一部分,这时候抽身,底下的人知道了也不好吧。"

"小彼,你说的我都明白,来这个公司的很多都是我的朋友,信得过我才跟着一起投资的,但现在我确实是遇到了些事。"

"大家都是兄弟,有事好商量,有钱一起赚,钱取出来还需要些时间,如果真急用现金,我倒是有个办法。"

"什么办法?"夏知两眼放光,催促道。

"大信息时代,生活越来越便捷。现在手机里有很多借贷软件,比如我们公司的,最低日息只需千分之三,投资的收益能跑赢利息就是赚的,高风险高收益,你看怎样?"彼特面容虽然青嫩,但言语自信。

夏知嗅到其中的风险,但风险与收益对等是定律,他故作镇定,沉默不语。

彼特见状,便自顾自地说起了自己过往的经历:"刚上大学那会儿,因为谈恋爱开销大,我过得十分窘迫,碍于面子不敢向家里要钱,只好自己去兼职。我通过中介去了一家保健公司做兼职,可还没做两天,公司就突然倒闭了,我还欠了一笔中介费。后来,一次偶然的机会,我接触到了网贷,和普通学生不同,为了保证自己有稳定的经济来源,我成了小额网贷的中间人。"说到这,彼特双目直视着夏知,继续坚定地说道,"做中介就能致富吗? 显然是不能的。帮我度过那几年,成就我现在的,是合理的资产配置。"

餐厅打工时的记忆片段,在夏知脑中快速闪过,琴敏的面容在眼前忽隐忽现。

"贷款?那不是害我吗?"

情绪突然激动的夏知,着实把彼特吓了一跳。

"我不懂什么网贷,只知道我之前有个朋友就是被你们这网贷毁了!"曾经的积怨如找到宣泄口一般,夏知冲着彼特吼道。

彼特听罢,急忙小心地问道:"你说的那个朋友,不会借的是不正规的吧?"

"网贷还分正规和不正规的吗?"

"可不是吗?当然分正规和不正规,像高利贷就不正规,什么裸贷就更别说了,违法乱纪的事,我是坚决不会碰的,这点你还不了解我吗?"彼特边说边捕捉着夏知脸上细微的变化,还顺便打起了感情牌,殷勤地说道,"我推荐的贷款,一定是正规渠道的,利息都是公开透明的,多长时间还多少钱都能算出来,我们认识的这段时间,我没骗过你吧?"

夏知环视着精致的办公室,思索一番后,还是犹豫地点了点头。彼特趁热打铁,在详细地讲解了如何贷款后,顺势让夏知掏出手机,教他操作。从软件下载到资金申请一气呵成,十分钟便完成了。没过多久,夏知的手机忽然"叮"了一声,有短信提示资金到账。他的心里虽然没底,但看到实实在在到账的资金后,尚且有些安慰。

临走前,彼特帮他粗略地算了下账,用这种方法,不仅可以有流动资金,还能继续获取稳定的收益。

春晓的父母在得知女儿生病的消息后,赶忙前去看望。夏知极力隐瞒病情,不想让春晓知道,但躺在病床上的春晓心里清楚自己可能得了疑难杂症,否则自己的父母不会专程赶来。父母偶尔在门外小声地议论,难免会飘进来些字句,仔细分辨后,春晓知道自己得了尿毒症。她第一次听说这个病,网上搜索后才知这病不好治,她想不通为什么会得病,更不理解治这个病为什么要花那么多钱。强烈的求生欲让她打起了家里那三套房子的主意,如果留一套卖两套,加上夏知的存款,应该是够治病了。

春晓安静地躺在床上,呆望着天花板,闲下来的她总容易胡思乱想:或许是这城里的医生庸,又或是家人舍不得给她看病的费用。她努力克制自己,尽力不这么去想,但眼角的眼泪不禁滑落。春晓幻想过无数次,夏知能突然破门而入,带她去最好的医院,治好这难缠的病。她辛苦了很久,内心充满着对未来美好生活的向往,她想去参加夏知说的豪华晚宴,想参加秋航的婚礼,想再多陪一陪自己的父母,想活着。

秋航写作业时,听见家人们讨论给母亲治病的事,隐约知道春晓得了很重的病,耳中传来最多的消息,便是"钱"。春晓的病情还算稳定,但家人的生活重心都扑在给春晓寻医问药上,秋航便习惯了每天自行上学。

每天往返学校时,秋航都会留意路边的瓶子,刚开始还有些害羞,四下偷偷打量无人后才会塞进书包。没过些时日,熟悉流程的他便会随身带个麻袋,方便收集路上的空瓶子。每天放学,秋航都会绕点远路,把瓶子卖了再回家,一周能攒好几块钱,偶尔回家太晚会被骂几句,心里有些委屈但也不多解释。随着逐渐驾轻就熟,他学会了不在乎同学们的眼光,大家也渐渐习以为常,只是偶尔会有几个调皮的学生在他背后指指点点,比起秋航浓重的乡音,捡瓶子沾上的味道才更让他们嫌弃。

医生在春晓出院时表示,如果能找到合适的肾源,通过手术换个肾或许能治好。夏知没回应,道了谢便走了。

春晓的手脚有些浮肿,整个人都难掩疲倦之意。刚分居的一家,因春晓患病,又聚到了一起,只是这次春晓的父母也搬了过来。一大家子都挤在新房里,旺了人气,病魔的阴郁散去不少。

夏知打开手机里的投资软件,发现收益日渐变少,这事他还特意找彼特聊过。彼特的解释是,投资有涨有跌很正常,以后会呈螺旋上升的,让他不要着急。可他在外贷的款着急还啊,一天天跌的收益和一天天涨的利息,就算是隔着屏幕的数字,也让他有点喘不过气。

每天除了要照顾春晓,还要处理客户反馈的利息问题,西装革履的他面对一大拨熟人的轰炸式问询,也说不出个所以然,只能按着彼特的意思,照葫芦画瓢地重复一遍。他躺在真皮老板椅上,用手抚着额头,额角被摸得锃亮,长时间感到焦虑,他的发际线后移了不少。

大部分的钱都是熟人给他做投资的,每人都想从中赚点代理费,要不是这次收益波动,夏知都没发现短短几个月,他的团队竟发展到了小几百人,这是他怎么都没想到的。新投资的人只能靠收益赚点,现在收益率降得厉害,望着前面的人赚得盆满钵满,心里自然不愿意。新投资的人每天两个电话,质问投资的钱什么时候能涨回来。虽然后加入的人与夏知八竿子打不着,但毕竟是自己团队拉的顾客,他也只能接待。老实的夏知不想失了信,只好硬着头皮哄他们。

老夏心疼春晓,便托人四处打听治疗此病的偏方。村前村后关于能妙手回春的神医传说倒是不少,在村里人的指引下,她找到了一位"德高望重"的江湖郎中。经过半天的沟通,老夏便觉春晓的病能治,郎中给她开了一个方子,随手抓了几把药草样的东西,一齐塞进了一个罐子里,递给了老夏。不过这罐子里的药草不是吃的,而是要老夏随身放在身边,郎中说春晓这病是因过于劳神而起,这药草能定心安神。老夏没有多想,一边连连道谢一边掏出积蓄,付了钱拿着罐子便回家了。

夏知刚回到家,老夏便悄悄把他拉进屋子,说了罐子的事。得知罐子的由来后,夏知只觉有点晕眩,他稳住身子抢过罐子,边斥责老夏边要将罐子扔掉。老夏不信自己被骗了,一把抓住夏知的衣领,巴掌胡乱地在他身上拍打,像小时候一样。夏知站在原地,默默承受着老夏的打骂,等老夏打累了松了手,他便拎着罐子径直地朝门外走。

"刘夏知,你今天要扔了,我跟你没完!"老夏气得直跺脚,不停叫喊着。

"有我没它。"夏知盯着罐子,咬咬牙回道。

老夏哭闹着,说夏知不孝,僵持了一段时间无果后,发现夏知是铁了心要扔掉这罐子。老夏抢回罐子,带着回了老家,她想春晓的病能早点好,也舍不得花掉的钱。

一到老家,老夏就找了大姐帮忙,想借住几日。姐妹见面,话匣子一下就打开了,老夏向姐姐诉苦,倾吐着进城后的不容易。大姐很是性情,听完老夏的苦衷后,便要好好教育夏知。

大姐先是给老刘打了电话,耐心说了事情经过,而后便打电话狠狠骂了夏知。老刘正奇怪老夏为何突然回了老家,得知缘由后立刻把夏知说了一通。夏知拗不过家长里短,只好打电话回老家,想好言劝老夏回来,在百般劝说后,老夏还是无动于衷,坚持要跟罐子在一起。夏知又驱车到老家请老夏回家,可老夏是个倔性子,非要住上一段时间,等夏知同意带罐子才肯回家。夏知知道老夏的脾气,只好自己回家了。

关于老夏的事,家里人每天都在有意无意地指责夏知:"这么大的人居然这样,自己有家还让亲娘住别人家。"夏知心里清楚,可他不想家人被骗,但又不知怎么做合适。

但这罐子自从去了乡下,好像一切都顺起来了。投资的收益突然翻了番,春晓看起来也精神不少。小赚不少的夏知又喜笑颜开,其乐融融的景象呈现在饭桌上,却唯独少了老夏。每逢家人聚餐,只要谁提到老夏的事,笑声便会被沉默代替。一家人这段时间因为这事没少争吵,夏知一面念着老夏,一面又担忧那罐子回来。思前想后,他一个电话打给大姨,让她劝劝老夏把罐子扔了赶紧回家。

被儿子赶出来的口风已经放了出来,加上城里住得也不自在,于是老夏抱着让儿子请她和罐子一起回去的决心,再次向亲姐姐哭诉,大姐听完更心疼妹妹的遭遇,骂了夏知几句,便愤然地把电话挂了。

夏知拗不过家人,加上春晓的埋怨,最终还是把老夏同罐子一道接了回来。

谷雨

城里的空气让人莫名燥热,喧喧嚷嚷的汽车声,让人的血液黏滞。街道的转角、高楼的外形,似乎都如出一辙,就连小区的名字都是一个风格。老刘压着火气,在这车来车往的街道上,想多捡些废品。天桥下的栅栏内,是老刘珍藏了两天的废品,有一堆是硬纸板,有一堆是空水瓶,还有些看起来精致的小玩意儿,规整地放在角落里。湛蓝的苍穹下,老刘在废品旁边席地而坐,脖子上的毛巾散出阵阵的汗馊味,热浪袭来,汗水的挥发带来了短暂的凉爽,稍稍可以舒心。

一家人搬进了城,住进了大房子,活得却没以前有滋味,至少老刘是这么觉得。早出晚归的夏知、躺在床榻上的春晓、抱着破罐子的老伴,这一连串怪味的荒唐事,使老刘一筹莫展。比起回家,他更愿在天桥下多陪会儿苍蝇,多捡些瓶子,多卖些废品,多存些钱。只有干活,才能让他感觉踏实。

两对老人很是默契,待春晓的病情好转后,她的父母便回村了。很久没闲过的春晓,现在因身体原因终于不用整日忙碌了,可人一闲便容易胡思乱想,身子不能干重活,脑子却把家里的事都操心了个遍:秋航在培训班的成绩如何,老刘的工作是否辛苦,老夏是否还在和夏知生气,夏知在公司是否顺心……她不知道,越想不通越爱钻牛角尖。春晓倒是经常和老夏拉些家常,互诉衷苦,可每个人都只会描述事情对自己有利的那面,她拿着老夏说的版本去质问夏知,却常常引起争执,导致最后两人不欢而散。家里的琐事多如牛毛,春晓看在眼里却又无能为力,烦恼让她觉得自己好像也没刚得病那会儿那么想活了。

关于生活的意义,电视剧里演得似乎总是那么丰富多彩。曾经为了追部剧,春晓能连熬好几个大夜,可如今看一会儿便困了。跌宕的儿女情长的剧情看完就忘,都市职场的肥皂剧也只是满足对有钱生活的幻想,就连宫斗剧里的尔虞我诈,她现在竟也觉得幼稚,现实的故事远比剧本里复杂。

春晓担忧秋航的未来,也害怕自己走后没人懂夏知的脾性,除去工作,四个长辈还需要照顾,秋航也需要照看。她还可以动,还想要动,还可以承担些什么。窗口的吊兰翠绿茂盛,阳光透过玻璃,扑面的温暖让春晓感受到生的气息,但她内心深处仍有照不到的地方。

近日春晓身体恢复得不错,能做些家务,也开始接送起秋航。每每走在路上,她都会格外留意花草的颜色,观察秋航的一举一动,活了这么久,似乎第一次感受到生活的真切。秋航和别的孩子一样,放学不用再一个人回家了,能撒娇拽着妈妈带他去小卖部买零食,但在众多商品里,只会拿一支棒棒糖。春晓都看在眼里,疼在心里,表示要给秋航买点玩具时,他只是支吾着,硬拽着春晓走了。

戴着小黄帽的秋航,手握着棒棒糖,跑跳着回头冲着春晓喊道:"妈妈,我给你准备了一份礼物,不过要过段时间才能告诉你。"

那天,秋航没有捡瓶子。而罐子被老夏擦得铮亮。

小满

市里新开发的区域，楼宇如雨后春笋般冒出，写字楼渐渐簇拥，车流慢慢变大，已然有一副经济中心的样子。

夏知的办公室在街区正中心的大厦里，他安然地坐在老板椅上，室内装修简约，仅有一个书柜、一张桌子、一个沙发，阳光透过落地窗洒在桌子上，把宽敞的房间照得十分明亮。没能读大学是他的遗憾，偶尔看点书是他的寄托，夏知的手边一直摆着《国富论》，书的第一页上工工整整地写着他的名字，每页都认真地标注了笔记。

公司的人越来越多，除了在外跑业务的，办公室也有二十几号人。彼特不常在公司露面，非专业问题基本都由夏知做主。事实证明，他有很强的业务能力，质朴的气质让人放心，手下的员工被管理得井井有条，每次只敢隔门遥望，西装笔挺、少言寡语的他，似乎有种独特魅力，很受公司的年轻人欢迎，初来乍到的瑾池对他尤为尊敬。

临近毕业时，瑾池偶然在网上看见了这家公司的招聘广告，

"风口行业""弹性工作""晋升快速""高薪起点"等关键词瞬间抓住了她的眼球,学历更是要求海内外名校毕业,外加彼特的海归创业经历做公司背书,一直都要强的她决定用奋斗青春换完美未来。自小被捧在手心的她,凭借出色的外形,身边的追求者不断,但她要求颇高,理想与现实相距甚远,身在云端不愿落俗,考虑过几个对象,却因家庭原因均不了了之。

随着新鲜血液的注入,公司的内部交流涌现出很多专业术语和英语单词,夏知的压力在无形中骤增,他羞于请教同事,只靠自己阅读和上网学习相关知识,好在平时也够用了。

做完招聘宣讲的彼特从外地回来,身材高挑的人事经理和秘书分站在他的两侧。夏知靠着人脉资源和投资公司才有现在的位置,学历不高一直是他的心病。

"刘哥,我新招的这批人怎么样?都是名校的学生,用着还顺手吗?"彼特热情地向夏知介绍,顺便把公文包交给秘书,给了夏知一个热情的熊抱。

"顺手顺手。"夏知憨笑着回道。

"这个月的计划已经提前完成,我今晚给销售部开个庆功宴,到时候就请你说几句,给弟兄们打打气。"

夏知听完有些惊讶,原本极力拒绝,但拗不过彼特的热情劲,加上脑中忽隐忽现自己在台上讲话时的英姿飒爽的画面,最终还是委婉接受了。

说是临时决定,实际上彼特在半个月前就和秘书计划好了,对他来说,公司控制人只有他。

为庆祝当月业绩冲破千万,庆功宴定在了当地最好的城市之心酒店。会餐的餐标非常高,餐布盘具摆放的间距似乎都有着严格的标准,头顶明晃晃的水晶大吊灯让人在屋内分不出昼夜。二十人的销售团队,有大半都是夏知带过来的,现在混得都还有模有样。

晚宴开始前,彼特作为公司创始人发言,表达了对公司的未来和员工的期望等,并给员工画了"大饼",底下一片掌声。几番"中夹英"的吹嘘后,他便邀请业务代表夏知上台发言,夏知琢磨了一下午的台词,临上台时脑子一热全忘了。前有彼特精彩的演讲,下有同事期待的眼神,夏知嗯啊地支吾了几声,本想大放异彩的演讲首秀瞬间就颓败了。见他磕磕巴巴,彼特不禁眉头一紧,手握成拳堵在嘴上轻咳一声,示意下面人静一静,夏知趁机抖擞精神,清了清嗓门,颤抖地说:"尊敬的各位来宾,今天非常荣幸能有机会站在台上讲话,我对大家的工作非常满意,谢谢大家!"

"好!"

大家心领神会地迅速鼓掌,好赶紧吃上可口的饭菜。眼神飘忽的夏知站在台上享受着掌声带来的欢愉，也意外望见瑾池扑哧一笑，仔细回想，似乎是"来宾"二字用得不当，才引得佳人窃笑，就是这一笑，让他想起琴敏那纯真的笑容。

圆桌的氛围融洽轻松，两杯酒刚下肚，夏知的眼神便有些飘忽。慢慢地，他看见桌上的彼特面目狰狞，同村的兄弟露出獠牙，年轻的姑娘长出刺毛。他冷笑着、吵嚷着，从被劝酒到劝人酒，在一声声的"刘总"与"夏知哥"中迷失。

酒劲正浓，彼特看着桌上吃得差不多的菜，便领着众人赶往下场活动。昏暗的KTV里灯光闪烁，喝多的员工向彼特不断献殷勤，彼特点头应和，嘴里不停地画着"大饼"，场景开始有些魔幻，姑娘们见状，打了声招呼便匆匆离场。

"嗨，老刘，老实和你弟我说，公司这几个姑娘你看上哪个了？我帮你搞定。"彼特将手臂搭在夏知的肩上，在他耳旁吹着酒风，戏谑地说道。

"你可别瞎说，都是小姑娘。"夏知听罢，大脑瞬间清醒了一秒，仿佛是春晓在他耳边狠狠抽了一巴掌。

"哎，谁不喜欢年轻的姑娘。"彼特端起酒杯，嘴角抹上一丝坏笑。

"我可不比你们小年轻。"

说完，两人相视一笑，各饮一杯。

趁大伙酒劲正浓,彼特按下 KTV 包厢的服务按钮,在服务员耳边私语一番,不一会儿便进来几个浓妆女孩,包厢里霎时安静下来。夏知见状,浑身有些不自在,便借故起身去洗手间,与洗手台镜子中的自己对视良久后,一头扎进水池,用凉水抹了把脸。

夏知摇摇晃晃地走到包厢门口,掏出手机,给彼特留了条短信,匆匆下楼回家了。

"怎么样,舒服点了没?"

"嗯。"

"你昨晚去哪了?"

春晓在床边给夏知吹温雪梨汤,送进他的口中,入喉的瞬间,甘甜而温润。

"哦,昨晚给销售部开庆功宴,比较开心,所以就喝多了。"

春晓没说话,继续喂着汤。夏知满身的酒味也盖不住他身上的香水味,还有昨晚他肩上的一缕长发,也系在她的心里。女人都是敏感的,她想努力对夏知好些,好阻止自己胡思乱想。即使和夏知从小一起长大,因为自己的身体却不得不重新审视这段感情,她只当自己是个累赘,连开口深问他的勇气都没有。

春晓变得心事重重,整日面无表情,眼里写满了愁。夏知抱着身正不怕影子斜的心态,自然也没在意,只是将目光投向了儿子,忽然关心起秋航最近的成绩,得知成绩后夏知突然严厉起来,把家里所有的玩具都打包扔了。家里人傻成一团,不知道夏知昨晚受了什么刺激,非得让秋航考进前三名。

"别人的孩子都行,你为什么不行?第一名就不是人了?你以后要是不想像你老子这样,就好好学习!"说完,他就摔门出去了。老夏安慰着号啕大哭的孙子,春晓瘫坐在椅子上发愁,所有事情的发生似乎都不需要理由。

办公室里,除了蓬头垢面的夏知,所有人都衣着整齐。他从过道经过,员工们像往常般和他打招呼,可他却觉得今天自己就像动物园里的猩猩,别人的微笑都带着戏谑。他想一本正经地装成名校人才,可总感觉与之有道鸿沟,难以逾越。但面朝黄土背朝天的人是不会信命的,手中结结实实握住的东西才是真的,可以是钱,也可以是权。他决定改变自己,即使上流生活的壁垒再高,他也要翻过去,这样秋航才有希望,不用再像自己这般畏畏缩缩。

"昨晚你怎么走得那么早?"夏知刚坐下,彼特的声音就从门外传了进来。

"有些不舒服,就提前回去了。"

"跟你说个好消息,"彼特掏出手机,他的账户资产里赫然又多了个零,"我们公司这个月的收益翻倍了!"

夏知听见公司赚了不少钱,紧锁的眉头便自然地舒展开来。

"彼总,刘哥,这是上个月的销售报表。"瑾池忽然从彼特的身后冒出来,而彼特还坐在夏知的桌子上,显得有些尴尬。

"怎么不敲门?"彼特滑下桌子,板着脸质问道。

"刚才我已经在门外站了会儿,而且想着也没什么事,送完报表就……"瑾池的脸瞬间憋得通红。

"你不会先敲门吗?"

"没事没事,先搁这,你出去吧。"夏知知道彼特没来一会儿,这小姑娘也年轻不懂事,所以赶紧打圆场,并给彼特一个眼神,气氛才稍显轻松了些。

"嘿,老刘,你是不是不好这口啊?怪不得昨晚都喝成那样了你都无动于衷。"彼特从老刘的眼神中似乎读出了什么,在他的眼中,没有一个正常男人是不好色的。

"你别瞎说,人家刚毕业,可别祸害人家。"

"我懂。"

彼特回头坏笑了一下,便摇晃着身子溜出了门。空荡荡的办公室,只剩下无奈与孤寂。夏知不自觉地回想着瑾池的样貌,大学生的身份让她的形象在夏知的心里美丽且神圣,如年少刚进城的春梦,让夏知找回了年少时熟悉的感觉。

芒种

第二天天还没亮,老夏就出门了,没半晌,还是回了村。这次她回的是小时候住的土房子,摇摇欲坠的泥砖上搭着几层草,多年没人打扫的角落缠了厚厚的蛛网。老夏望着狼藉不堪的老房,辗转又去老姐家诉苦。在一番倾诉后,老姐心生怜悯,没想到本可衣食无忧的妹妹进城后竟遭命运如此戏弄。

"没事,这人一有钱就会变,我这永远是你的家。"老姐拉着妹妹的手,眼神中满是同情。

"姐,你家这屋人也多,我搬进来也不方便。我今天去看了爸留的那间房,收拾一下就住那吧。"

"那屋子哪能住人?你住我这还能有闲话不成?你在我这,咱姐妹俩也有个照应。"

老夏目的明确,坚持要回老屋住,话题绕来绕去,终是绕回到老屋翻新上。她想清楚了,在城里过多了三世同堂的日子,在村里同几个晚辈住,指不定会再出什么争执,不如晚年清静些,从哪来归哪去。她姐这些年手上还有些闲钱,姐妹俩休整了几日便张罗起老屋翻新的工程。

夏知的公司自投资成功以来,便开始了扩张之路。彼特给他开了他之前想都不敢想的薪酬,花着银行的钱,靠着投资利滚利,不知不觉夏知的身价翻了好几番。有了钱的夏知在办公室内望着这圈 CBD 的风景,如做梦一样,不用再担心高昂的医药费了,母亲回了老家,春晓身子还是稍弱,一切看似都好,但一切也都让人力不从心。

办公室来来往往的新面孔,对他点头哈腰,夏知虽身处要职,但公司运营方式的内核他只略知一二,彼特也从来没和他详聊过,只让他把下面销售管好就行。投资的人都排着队,每天都有固定的收益,公司的年轻人都很能干,他平时看看报表数字就行。

"哥,又有好消息!"彼特满脸春风地走进来,看这气势想必又是公司赚了不少。

"心情不错啊。"

"那可不,又翻了番,客户非常信任我们。哥,今晚我来安排,好好喝一次。"彼特兴冲冲地给夏知在白板上画着折线图,数字在图上跳跃,夏知只看涨跌以及一些后台用户数据。

说完,彼特就拍拍夏知的肩,并夸奖他这段时间把销售团队打理得井井有条,晚上要给他特别的奖励。

开始来这做,只是被彼特的名校背景忽悠着投了钱,渐渐收益的数字让他不舍抽身,加上越来越多的同乡加入,夏知身上多了份不能退的责任感。

这次晚宴并没有安排在豪华的大酒店,而是在一家小有名气的土菜馆。周遭的环境夏知很是熟悉,这是他以前打工时常来的地方。

"我听弟兄们说,你以前经常来这,这家味道不错,今晚开心,就多喝点。"彼特搂着夏知,招呼着一桌十口人,除了他那个小秘书,瑾池居然也来了。

"喝多少,都听彼总的!"

夏知不说话,只是憨憨地笑,几个男同事应声附和着彼特。

三巡后,桌上的盘乱了,杯中的酒空了,人也醉了。几个男同事劝着女孩们喝酒,说着荤段子,微醺的男人们也都放得开了。夏知看着上头的男同事,不自觉地和女孩们道歉,让她们原谅这些大老粗。瑾池她们相视一笑,不好多说,尴尬地微笑点头。

彼特觉得喝得差不多了,便趴在夏知耳边细语道:"嫂子的情况我也知道,这边呢,我看瑾池不错,哥你现在条件也不差,嗯?"

夏知沉默不语,摇摇头抿了口酒,看了看表,便端杯简单地开始总结，准备组织大家各回各家。彼特顺着夏知，笑了笑，便结束了这场聚会。

深夜都市的街道偶尔热闹，却又有种别样的静宜，少了车辆，少了人丁，却有了几分放肆。在门口别离时，因为女孩们怎么回家这个问题，男同胞们起了争执，各怀心思的单身汉语言轻佻，女孩们都是聪明人。经过一番讨论，女孩们结伴打车回家，夏知和瑾池顺路，同事哄劝，让他打车把瑾池捎回去。

各自散后，瑾池怯怯地问夏知一身酒气地回去要不要紧。夏知想想酒气太重确实不好，加上瑾池住得也没多远，把她送回家顺便散散酒气再打车回家也好，上次春晓可是因为他喝酒，有着一肚子怨气。

"你怎么能来咱这公司？我儿子要是有你这学历，我肯定让他考个公务员，在我们这工作不是长久之计啊。"

"刘总别这么说，每个人都有自己的选择，有些人喜欢稳定，有些人喜欢自由，高风险高收益，我还是想趁年轻出来多赚点钱。"

"怎么，你们这些年轻人还能和我们那时一样缺钱花吗？"

"也不算是吧，钱不重要，重要的是活过的痕迹，有些鸟本身就属于天空，不是吗？"

夏知若有所思地点了点头，问道："以后有什么打算吗？"

"我啊,想去更大的城市看看,去最繁华的区域工作,去赚很多很多的钱,然后去环游世界!"

沿着路灯,昏黄的街道上,爽朗的笑声萦绕在被拉长的影子周围。瑾池给夏知普及金融专业知识,夏知给她讲人生经历,从国家大事到家长里短,趁着酒劲,夏知缓缓倾吐。

"你嫂子命不好,这么年轻就身患重症,跟我这么多年,只有生病了才能休息,命苦啊。"

"是啊,那您的孩子现在都由谁照顾呢?"

"之前孩子是他奶奶在家照看,现在都指望你嫂子,只是这孩子的学习是个问题。"

"现在孩子还小,等他再长大点,懂事了成绩自然会好,我就是这样。"

"嗯,要不这样,你来我家给他补课吧,我给你补课费。"

"这……这不太好吧。"

"没事,就这么定了。"

欢愉的时光总是短暂的,几公里的路像是几分钟便到了,细细品来似乎也聊了不少。瑾池让夏知在楼下等会儿,她去给他拿些酸奶解解酒。夏知乐呵地站在楼下也不拒绝,酒兴正酣的时候听啥是啥。瑾池没一会儿就小跑着出来了,却发现夏知靠在楼道的墙根上眯着眼睛睡着了,推搡了几下,他便如一摊烂泥歪了下去。摇了几分钟,楼道里只有沉重的呼吸声,瑾池只好用打车软件叫了辆车,想着司机师傅能帮帮忙。

车到了,师傅一看到瘫倒的夏知,立马露出嫌弃的表情,忙问其吐完没,吐车上可要给两百块钱的清洁费。瑾池皱皱眉,觉得有点贵,和师傅讨价还价,最终答应先预付一百块钱让师傅帮忙送到家安置好,产生的其他费用和夏知家人算。她和司机师傅折腾了半天,才把睡晕过去的夏知弄上车,醉酒的人比平时沉多了。

春晓半夜打开门,看见不省人事的夏知,既生气又心疼。付完车费,她赶忙把夏知从车里拖出来。好在到家后的夏知稍稍恢复了一些知觉,本能地爬上床后便又开始呼呼大睡。春晓拖着疲惫的身子,坚持把夏知的衣服扒下,并给他盖好被子。

每件衬衫春晓都必须手洗,再累也不会丢进洗衣机里,机器工作起来没有轻重,洗坏了她可得心疼死。她把夏知需要手洗和机洗的衣服分好,整理时发现白色的衬衫上有一抹红,反复端看,春晓才确信是口红。她脑子嗡的一声,短暂目眩伴随着耳鸣,她抱着那摞衣服,坐在沙发上发呆。

春晓努力地回想着夏知平日的举动,每处细节都有疑点,但家里还需要他,秋航还需要他,想到这春晓不禁啜泣起来。她努力克制自己的情绪,把夏知的衣服洗净晾干,方便他第二天穿。

她在客厅的沙发上熬到天亮,被倦意席卷方才睡去。

夏知虽说那晚趁着酒劲和瑾池聊了那么多,但也就记得说给秋航补习的事了。夏知趁瑾池来交文件,便直截了当地问她补习事宜。瑾池稍稍推辞了下,听了夏知斩钉截铁定的价格也就应允了。夏知喜笑颜开,算是了却了一桩心事。

彼特这两天突然联系不上了,公司里里外外的事都落到了夏知的头上,传说中的几个高管他也只见过几次面,见首不见尾的,只要发工资,啥事都好说。公司业务倒是好得很,数据噌噌地往上涨,也吸引了不少人慕名来投资。

家里收拾得与往常一样干净,这段时间春晓的白头发与褶皱多了许多,身上有病还能吃药,可心里有病不是谁都能医的。这病根子在夏知身上,这事全家也就她一人知道,她整天一个人在家只能对着电视排难,偌大的小区找不到一个可以倾吐的对象,这事更是一个字都不能跟家里人提。春晓不是个会摆脸色的人,夏知依旧没觉得生活有什么异样,秋航除了知道妈妈老了些外,也没感觉生活有什么不同。

"告诉你们一个好消息,"夏知故意顿了顿,成功引起注意后,继续说道,"我给秋航找了一个私人家教。"

"啊,那得花不少钱吧。"春晓放下手中的筷子,有些惊愕。

"自己公司单位同事,大学刚毕业,一个女孩子挺不容易的,正好给秋航补补课,也能挣些外快,一举两得。人家可是名校毕业的。"

"女孩子?"

"是啊,怎么了?"

春晓低头继续吃饭,没再搭话。本应是热闹的场景,忽而的缄默让夏知有些尴尬。气氛变得诡异,秋航默默地扒着饭。

原本高高兴兴的事,分享出来却被摆了脸,这是夏知怎么也想不到的。他努力压着情绪,平平地问道:"你这是怎么了?"

"怎么了?你问问你自己!"春晓愣了一下,想忍着情绪终还是没忍住,不自觉地说了出来。

"我怎么了?我天天上班下班,我怎么就惹了你了?"

"你整天那是上班下班吗?你天天都跟谁去喝酒了?之前的事我就不说了,现在都要带回家了是吗?再过两天是不是就要明媒正娶了啊?!"

"我才出去喝了几次酒?哪天晚上没回来?"

"玩够了不回来还能去哪?谁还会给你洗衣服?"

"够了,我没做过对不起你的事!"

"做没做过你自己心里清楚,别以为我在家就什么都不知道。"

"你今天是不是有病?"

"有病？对,我一直都有病。也是,没病你也不会找个年轻的,还大学生。"

春晓眼泪一滴没落,全哽在喉咙,呜咽着说不出话,只感觉天有些黑,胸口闷得喘不过气。她隐隐意识到自己的身体快撑不住了,便重重地把碗摔在桌上,躲进了屋。

"吃你的饭。"

夏知瞪了秋航一眼,看着碗里的饭,有些涩,越想越怨,于是搁下碗出门了。

散完心,冷静完的夏知觉得中间肯定有什么误会,自己说话确实也重了,想着回家和春晓说清楚。一到家,找了两圈,发现春晓和秋航都不见了,他看着桌上未收的碗筷,觉得有些反常。带着秋航,春晓也走不远,夏知心中忽然又烦躁起来,自己被冤枉还没生气,怎么她还有本事带秋航离家出走。他瞥了眼桌上的碗,冲了把脸,便倒头一睡解千愁了。

"秋航啊,我和你爸你更喜欢谁?"

"妈妈。"

"那要是我和你爸分开,你会跟谁呢?"

"你们要分开了吗?"秋航瞪着大眼睛问春晓。

微风拂过,在春晓的心里吹起圈圈涟漪。

"妈妈要是不在了,你会难过吗?"春晓轻抚着秋航的脸,努力微笑不让眼泪流下。

"妈妈不是好好的吗?"秋航拽着春晓的衣服,妈妈结结实实地就在眼前,可被妈妈这么一问,又觉得哪里空空的,很不踏实。

春晓抱着秋航,两人在树下依偎着。摇晃的树枝发出的声响,在耳边萦绕只觉恬静。感觉自己活不长了,春晓觉得这树绿得发黑,太健康的生命映衬出自己的虚弱。还能活多久?秋航没有自己大概也能活得很好吧,夏知可能真的没有做什么出格的事吧,可为了家就算他错了也要原谅他啊,但自己早点结束,不论对家还是夏知都是解脱,不是吗?自己早已是累赘,夏知和秋航都很争气,与其带病痛苦地活着,不如让他们有更好的选择。那个女大学生挺好的,年轻漂亮,还可以帮秋航学习。

"妈妈,妈妈!"秋航拽了拽陷入沉思的春晓,眯着眼睛笑着说道,"我带你去个地方。"

还没等春晓缓过神,秋航就拉着她朝着学校的方向跑去,拐进了一个巷子。悠长的深巷常年积着青苔,还有些泥泞。绕了几个弯后,他们终于在红砖墙前停了下来。秋航看了眼妈妈,便弯下腰掀起墙角的泥砖,小心翼翼地从里面捧出一个泛旧的铁盒。春晓轻轻接过,屏住呼吸缓缓打开,一沓纸币静静地躺在里面,旁边还摆放着一张贺卡,上面用稚嫩的字体写着"希望妈妈永远健康快乐"。

"这钱是哪来的?"春晓严肃地质问道。

"是我卖瓶子换来的。"秋航低着头,小声地回答道。

春晓听完终是止不住眼泪,哽咽着抱紧儿子,秋航这几个月的辛劳和委屈也都在此刻释放。母子拥抱的温度,是活着才有的。

夏至

原本空寂的开发新区，短短几个月就换上了新衣。左右竖起的大楼，再也不会给人这里是野鸡公司驻扎地的感觉，甚至有些皮包公司已经做大做强，承包了独层。彼特站在飘窗前看着眼前的繁华，悠闲地端着杯子品着茶。

"那个账户的事，办好了吗？"

"嗯。"

秘书站在门口，彼特透过锃亮的玻璃与她隔空对话，问着前几天让她办的事的情况。秘书有着窈窕的身材与精致的脸蛋，仔细端详能看出雕饰的痕迹。

"老板，那个……这个月的财务报表好像有些奇怪。"瑾池忽然从小秘书的身后跑了出来，飘逸的秀发加上刚刚好的阳光，让彼特瞬间晃了神。

"敲门。"小秘书在瑾池耳旁狠狠地低语道。

"欸，你先出去吧。"彼特放下自己的杯子，招手让瑾池进来。

"那个，彼总，这个月的财报……"

"哦,我都知道了,没事。"

"可是,账面和前几个月都对不上啊。"

"嗯,可能前几个月财务报表有些问题吧。"彼特靠着转椅,食指来回摩擦杯子的把柄,停顿了会又继续说道,"今晚有空吗?正好有些事想和你聊聊。"

"好的,有空的。"

他点点头,示意其可以出去了。这公司从成立之初就是一个皮包公司,不过凑巧弄了间房罢了。关于财务的事,不过是他先动了公司的资金,打算之后以投资亏损的名义平账。假的可以变成真的,真的也可以变成假的。眼前的一切都在他意料之中,也在意料之外。向员工们吹嘘的几个大股东不过是与自己吃过饭的富商,这个公司实际是他的一言堂。从无到有的彼特回味着这梦幻的一年,不比曹操,也自恃为当代枭雄。看似平静的市区,却暗流涌动,他早已开始为后期布道。

彼特在办公室打了会儿盹便到了下班的时间,瑾池按时敲了门,出现在他办公室的门口。

"先稍微坐一会儿吧。"

彼特整理整理衣衫,一边给瑾池倒茶,一边询问她这段时间工作的感觉。瑾池看着老板给自己沏茶,内心有些不知所措,只能用正襟危坐来掩饰。

"我觉得公司的发展前景和同事都非常好。"

"那你觉得公司未来会朝哪个方向发展？能发展到哪一步？"

彼特连续的两个问题，让瑾池紧张得涨红了脸。迎合式的吹嘘一旦被深究便容易陷入窘境，尤其是对刚入世的大学生来说。

"那你自己有什么规划吗？"

"有的，努力做好本职工作，在现岗位深耕，争取早日能自己带团队，成为行业专家，为公司做出应有的贡献！"熟套的台词让彼特忍俊不禁，虚浮的辞藻下是年轻的面孔，可怜且可爱。

"看不出来你的职业规划还挺清晰，很多人在你这个年龄都还不知道自己想要什么。"彼特夸赞着把沏好的茶给她送去，临近身边，俯身低语道，"我目前在别处有个大项目，有没有兴趣？"

"老板，我……"

"公司这么多员工，我相中你是有原因的。和你一批来的几个应届生，工作能力都不如你，我平常看似对公司不闻不问，实际上都看在眼里。"

"那个项目我想我可以。"听完彼特的赞赏，瑾池的眼神忽然坚毅，年轻人的沸腾之血正中他的下怀。

"不怕那个地方很远吗？"

"没关系，能提升自己就行。"瑾池天真地说道。

"哦?你还真是单纯。"彼特缓缓在瑾池旁边坐下,异样的气氛突然笼罩了整个办公室。瑾池察觉到彼特的语气中夹杂着奇怪的味道,但碍于对方的身份,也不敢过多猜想。

"我觉得我还挺成熟的。"

"有时候,女孩子聪明点,可以少走很多弯路。"彼特绕到瑾池的背后,搭着她的肩膀,轻轻地提示道。瑾池本能地想甩掉肩上的大手,微微扭动的身体却被彼特越按越紧。"都是聪明人,我的意思你明白吧?"

彼特站在瑾池的身后,上下打量着她。彼特在身后私语时吹出的风,打在她的后背上,引起阵阵寒战。

"老板,我想您可能误会了。"瑾池说着便站起身来把彼特推开,径直地朝门外走去。

"十万,就十万!我们做笔交易,怎么样?"彼特对着瑾池喊道。

这对瑾池来说不是一个小数字,她走到门口停住了。

"什么交易?"瑾池回头问道。

"帮我拖住一个人。"彼特走过来在瑾池耳边小声私语道。

"什么人?"瑾池低声问道。

彼特故意把声音压得更低,生怕隔墙有耳。

瑾池听完后很是吃惊,连忙拒绝并问道:"我不帮你会怎样?"

"那可能以后就不能再共事了。"彼特狡黠地笑道。

"谁稀罕,我自己走!"说完瑾池又欲往外走。

可谁知彼特竟用工资要挟她,气不过的瑾池随即便与彼特争吵了起来。

高楼上洒着绵绵阴雨,黑压压的乌云催促着员工们赶紧下班。夏知这几天正闹着心,天阴的调调正好符合他的心境,他在空无一人的办公区欣赏着即将到来的滂沱大雨,期待着落下的暴雨和压力一同宣泄。

彼特办公室里传出的吵架声引起了夏知的注意,好奇心驱使他走到办公室前探探究竟,正当他俯身时,胳膊不小心撞到了门旁的咖啡机,疼痛迅速蔓延全身。巨大的声响转移了彼特的注意力,瑾池见机用力咬在彼特的手上,趁他没反应过来,瑾池猛地夺门而逃,彼特紧跟其后,不巧追出门时遇见了正蹲在门口的夏知。

"你在这干吗?"彼特整了整衣衫,假装镇定地问道。

"哦,想喝杯咖啡,不知道机器怎么坏了。"夏知反应了下,憨笑着回道。

彼特瞥了夏知一眼,帮他打了杯咖啡,并嘟哝道:"都下班了还喝什么咖啡?"

夏知笑着接过咖啡,默不作声地看着彼特回了办公室后,立刻放下手中的咖啡去找瑾池。

打了十多次瑾池的电话,始终无人接听。当看见瑾池从彼特办公室哭着出来,夏知便知道事情不简单,直觉告诉他必须得去找她。

大雨倾盆而下,夏知全身瞬间被雨水浸透,恶劣的天气让他不由得更加担心。他在公司周边搜寻了几圈无果后,只好放弃,准备回家后再尝试联系瑾池。

就在夏知快走到公交车站时,发现街角处蜷缩着一个长发女子,走近一看,正是瑾池,夏知赶忙上前询问情况。瑾池闻声抬头,看见全身湿透的夏知,原本压抑的情绪再也克制不住,站起身紧抱住夏知,悲伤和雨声一同倾泻。

夏知张开双臂,把头侧在一旁,有些不知所措,嘴里还不停地嘟哝着安慰的话。待瑾池情绪稳定后,夏知尝试着推开她,瑾池明白自己有些失态,松手后连忙道歉。

"看你从彼特办公室哭着出来,是发生什么事了吗?"

瑾池整理了一下头发,深吸口气,略带哽咽地说道:"彼特想欺负我,幸好你来了,我才能挣脱跑出来。"

"他居然是这种人。"夏知有些不敢相信,光鲜的外表下竟暗藏污秽。

"彼特他，一直都不是什么好人。"瑾池激动地说道。

"他是有前科吗？"夏知不解地反问道。

"他这个人，这个公司，都不是什么好货！"

"这公司怎么了？"

"前几天我看见公司的一份报告，这个公司的业务根本支撑不了公司的发展，从开始这就是一场闹剧，一个骗局。彼特拿着公司的钱挥霍，根本没有考虑过以后。"

夏知回想着公司的点滴，关于公司的主营业务方面，他确实知之甚少，每次问彼特都被他搪塞过去。

"这事我会向彼特问清楚。瑾池，你很年轻，不要在这里耽误时间了，这个公司的风气不适合你。"夏知语重心长地说道。

"嗯，我会的，但我也不会让这个公司再错下去。"瑾池说完便转身走了。

夏知欲言又止，本想再说些什么，可好像也没什么可说的。而这一幕，被彼特尽收眼底，他还用手机记录了下来。

看见浑身湿透的夏知回家，春晓骂了几句就急忙帮他拿了套新衣服和干毛巾。夏知心里有些愧疚，他接过毛巾低着头只顾擦拭。春晓好像觉察到了他的异样，担心地询问其情况，夏知摇摇头示意没事，便去洗漱了。

稍稍放心的春晓没再多问，进厨房给夏知端出一碗热粥便回屋休息了。

小暑

老夏在老房子待着有几个月了,从早到晚絮叨着那罐子。老刘刚开始还隔三岔五来看看她,只是老夏怨气重,气不过那两万块钱说摔就摔没了,见面就是一顿嚷嚷,被磨没了耐心的老刘,现在也是能不去就不去。邻居经常串门,碰头便一把蒲扇加个竹椅开始拉不知说了几遍的家常,圈子就那么大,周边街道基本都知道老夏家中的变故。经过口口相传,老夏在邻居的嘴里也不是啥好东西了,不是一家人不进一家门,故事删删减减,经过添油加醋后,邻里街坊得出的结论就是老夏有个不肖的儿子,还有一个没良心的老伴。

捡拾瓶瓶罐罐依旧是老夏的习惯,平日一碗白粥就咸菜,老人家过得清贫,以前想省着钱给夏知娶媳妇,后来是供秋航上学,再后来,是为了给春晓看病,至于现在为什么存钱,她自己都不清楚了。

"你说你妈啥时候能回来,就那个破罐子,你瞧瞧,多大岁数的人了,还整天跟孩子一样。"老刘背着手在客厅踱步,不知道是第几次和他们提及这件事了,有气闷在心里没处发。

"嗐,算了吧,她本来也不适应城里的生活,在农村还清净一点。"

"你瞧瞧你,这是当儿子说的话吗?你妈把你养这么大,你就这态度?别说你妈,我都想走。"

"爸,我怎么了?这家里哪个东西不是我一点点挣来的,要回去我再给你们买一套就是。"

"不管怎么样,她都是你妈,我都是你老子!你看看,你现在整天着家吗?就让春晓伺候你?秋航上学你除了给他报这样那样的班还管过啥?回到家你说过几句话?你去看过你妈几次?"

"够了!"夏知一声怒吼,与老刘四目相对,眼白布满血丝,胸口闷响一声便破门而出。

"你站住!"

"让他去吧。"春晓坐在小板凳上,事不关己似的一边剥着蒜,一边喃喃道。老刘叹了口气便没再出声,回房间歇息了。

小区很大,绿化很好,夜晚很黑。夏知坐在长廊上,心里五味杂陈,家为什么会成这样?明明都有钱了。他按灭手机屏幕,看着屏幕里的自己,风雕刻的印记在脸上烙了一个圈,原来自己看起来已经这么老了。何去何从,越想越不知所谓,活着为了什么,越想越不明白,好像一切都陷入了一个圈,不论怎么努力人生都是在圈里奔跑。

"叮咚。"

手机屏幕忽然亮起,微信消息弹出:"刘哥,有空吗?"

自从上次和瑾池聊完,他的心里便留了个结,他需要当面把事弄清楚,而瑾池就是关键。夏知深吸一口气,应了瑾池的邀约。

约会的地点定在第一次聚会的餐馆,夏知赶到时她已经喝完了一瓶啤酒,脸上泛起了红光。

"怎么一个人喝起酒了?"夏知忙把酒瓶移到自己这边后问道。

"借酒消愁。"瑾池抢回酒瓶,冷笑道。

"少年不识愁滋味。今天怎么突然找我?"夏知好奇地问道,顺便也要了两瓶啤酒。

"你们中年人的烦恼是烦恼,我们年轻人的烦恼就不是烦恼了吗?今天就是想找个人聊聊天,还能有什么事?"

夏知喝了一大口啤酒,笑道:"我比你可没大多少吧,而且今天喊我来肯定不是光聊天这么简单。"

"你小学都快毕业了,我还没出生呢。今天请你来确实是有事想和你商量。"

"是关于彼特和公司的事吗?"

瑾池会心一笑,没再卖关子,点头应道:"这个公司已经名存实亡了,彼特背地里更是不知道做了多少坏事。"

"你的意思是……?"

"举报他。"

夏知沉默片刻,试探性地问道:"为什么认为我会帮你?"

"如果彼特突然携款潜逃,那倒霉的就是你和公司的员工了。"

"但彼特不像那样的人。"

"你觉得他是哪样的人?"

面对瑾池的质问,夏知一时竟无言以对。两人各自喝了口酒后,夏知开口问道:"你想怎么做?"

"只要大家不再被骗就好。"瑾池淡淡地回道。

"你的心情我很理解,但现在没有关键证据证明彼特在骗我们啊,虽说公司的业务模糊,但据我所知大家是能赚到钱的。对不起,我现在帮不了你。"夏知仔细斟酌一番后,还是决定从长计议。

瑾池知道再说下去也无意义,只好喝起闷酒。两人聊会家常便各自回家了。

第二天,夏知一早便找到彼特,当面质问公司的情况。彼特像是早有预料,甩给夏知一份文件袋并说道:"里面有你想要的东西。"

夏知愣了会儿,急忙打开翻阅,文件袋里装着公司的经营情况和业务发展规划。

"你来是因为瑾池吧。"彼特趁着夏知阅读文件的工夫,开门见山地说道。

夏知默不作声,彼特见状又接着说道:"她前两天辞职了,临走前跟我说了些奇怪的话,其中还提到了你。她说得没错,虽然你在公司这么久,但其实和新人差不多。我没跟你说过很多关于公司的事,是因为确实不太有必要。公司的模式很简单,有人来投资便可。"

"瑾池跟我说了关于你、关于公司的事,我想知道那些是不是真的?"夏知愤怒地问道。

"看到的和听到的都不一定是真的,你是聪明人,何必非得纠结这些呢?"彼特淡淡地回道。

"那天你对瑾池做了什么?"

"这么关心她干吗?那天我只是和她做了笔交易,想让她帮忙分散一个人的精力,谈崩了而已。"

"分散精力?那你是否挪用过公款?"夏知又继续问道。

彼特听完后吃惊地看着夏知,而后恢复冷静道:"做好自己的事,公司不会亏待你的。"

夏知听罢，心中已经有了答案。两人犀利的眼神在空中碰撞，谁也不肯示弱。

"你对得起那些兄弟吗？"

夏知丢下话便狠狠地把门关上，离开了办公室，徒留彼特在椅子上沉思。

大暑

"给你们介绍下,这是我前同事瑾池,名校毕业,以后给秋航当家教。"

春晓推开门,就看到夏知殷勤的嘴脸,第二眼便瞥见青涩的瑾池。夏知在简单介绍后,还未等春晓迎接便领着瑾池进门了。春晓在一旁暗中打量着瑾池,心中五味杂陈,但情绪很快被理智压了下去,她整了整身上的衣服,给客人沏茶去了。

"忘记介绍了,这是我的爱人春晓,你叫嫂子就行了。"夏知看见春晓赶忙拉住,向瑾池热情地介绍道。

春晓白了眼夏知后,回头客气地招呼瑾池坐下,随后便进厨房了。

"秋航啊,她以后就是你的老师了,有什么不会的问瑾池姐姐就行。"夏知拍了拍秋航的肩膀,期待地说道。

"来,喝茶。"

春晓从厨房出来,热情地把茶放在桌上便回了屋。瑾池虽是头次和春晓见面,但她已隐隐察觉到对方压抑的情绪。

"你把这当自己家就好,秋航以后就交给你了。"

气氛有些尴尬,夏知只好用些客套话安慰瑾池。秋航安静地坐在旁边,对身边这位新老师颇有好感,瑾池身上的书卷气是秋航喜欢的。

简单地聊了几句后,夏知给秋航和瑾池安排了一间屋子,方便两人安心学习,自己则在客厅留守。在把瑾池带来之前,他已经做好了最坏的打算,春晓的态度倒是在他的意料之外。"单纯就是为了秋航好。"夏知不断暗示自己,但不知为何又有些心虚。他害怕跟春晓吵架,加上她还有病在身,更不想惹她生气。

"夏知,帮我拿下热水壶,我想泡个脚。"

里屋忽然传来春晓的呼唤,夏知立刻起身去打好热水送了过去。

"哟,今个儿是太阳打西边出来了,水都给打好了。"春晓诧异地看着夏知,喃喃地笑道。

"瞧你说的,哪天没把你伺候好吗?"夏知憨笑着回道。

"那个姑娘挺好的,文质彬彬的,一看就是读书人。"春晓低着头,一边自言自语,一边拨弄着泡脚盆里的水花。

"那是肯定的,我挑人的眼光还能差吗?"夏知给春晓揉着肩,被夸后眉飞色舞地回道。

"在一起多久了?"

春晓扭头望着他，僵持了几秒后，夏知颇为错愕地连说"没有"。

"真的没有吗？那之前衬衫上的口红是怎么回事？"春晓脸上的笑容突然凝固，严厉的眼神让夏知慌了神，似乎是早有准备。见夏知不说话，她继续追问道："那这几张照片是怎么回事？"

看着春晓丢在床上的照片，夏知顿时不知所措，照片内容赫然是他与瑾池拥抱的画面。

"事情不是你想的那样。"夏知失去面部表情管理能力，思维混乱，不知如何表达。

"那事情是哪样的？"

"那天她从彼特办公室哭着出来，她一个刚毕业的女孩子挺不容易的……"

"行了，你别说了！"春晓打断夏知，不想再听其解释，端着洗脚盆起身出门了。

夏知傻站在原地。拍摄照片的位置，一看便知是在公司，那天公司只有彼特一人，但他想不通彼特为什么要这么做。

春晓回屋后，夏知想说点什么，但嘴笨的夏知不知如何开口，只能保持沉默。春晓的内心还是信任夏知的，只是心里那关过不去。

房间里的空气过于压抑,熬不住的夏知出来透透气,顺便偷听秋航的学习情况。

两个小时的补习时间匆匆而过,春晓听见隔壁房间开门的声音,也起身出门送客,一切都非常自然,夏知差点以为春晓原谅了他。

"秋航,今天学得怎么样呀?"

"瑾池老师特别好,教了好多好多新知识。"

"以后都让她教你,怎么样?"

"好啊好啊。"

临别前,春晓询问秋航的学习情况。儿子是她唯一的寄托,秋航觉得好那便是好的。

她微笑着送别这位各方面都比自己好太多的女孩。她侧过脸看着夏知,他憨厚的样子实在让她无奈,心中有太多的委屈想要发泄,想大吵一架,但又怕自己会哭出来。

从家中的半边天到现在只能干些杂活,这是春晓病后最直观的感受。逐渐理智的她,尝试学着放下,她只恨自己的身体不争气,恨自己的性格怯弱。

夜深人静,春晓把衣服褪光站在镜子前,昏黄的灯光给她加了层复古滤镜。镜子里反射着微肿的身体、下垂的乳房和浅浅的妊娠纹,这是她第一次直面自己的身体。几年前她还是水灵的姑娘,虽算不上国色天香,可也凹凸有致,水灵可爱。

"其实都挺好的,是我太傻了。"

她侧过身看着塌塌的屁股,喃喃自语。她试图用手将屁股抬得翘一点,可手一松,屁股又耷拉了下去。随着眼泪滑落,她蹲在镜子前,双手掩面,不敢再看镜子前的自己。

除却添了几分沧桑的脸颊,自己也找不到能吸引夏知的地方。作为母亲,她不再有能面面俱到为秋航准备衣食住行的气力,生活中也没有可以倾诉的朋友,绝望与失落在范围狭小的房间里蔓延。

照片的事让夏知分了神,他已无心工作,每时每刻都在想着如何开口解释,但春晓显得异常平静,这更让夏知摸不着头脑。

夏知思前想后,觉得身正不怕影子斜,还是决定跟春晓说清楚。

"春晓,我们相处这么长时间,我什么样的人你还不清楚吗?有话就直说吧。"夏知终是憋不住,主动问道。

"我也不知道要说什么。"春晓平静地回道。

"那照片不是你想的那样,那天我去安慰她,不知为何她突然扑上来,当时那个情况,我实在……"夏知感觉越描越黑,不知该如何说下去。

"你敢说你对她从没有动过心吗?"春晓忽然怒问道,而后又平复了些情绪,继续说道,"其实,我这两天想得挺清楚的,我的身体和样貌确实不如她,选择更好的是人之常情。"

"我……"夏知羞于回答。他确实向往校园的美好,但更清楚生活的真实,而当下则是百口莫辩。

"被我说中了,不是吗?"

面对春晓的质问,夏知顿时哑口无言,他不知该如何回应。照片上的内容他无法否认,他非常理解春晓的心情,却难过于其间的误会,更心疼春晓内心的苦痛。

两人相顾无言,夏知深深叹了口气便出门了。春晓在听见关门声后放声大哭,而心事都隐入了尘烟。

立秋

无论经历怎样的风波,日子总归要趋于平静。瑾池在这座城市里迷惘,犹如困兽,兜兜转转,还是回到了起点。她努力学习,考进名校,锻炼表达,练习穿搭,想去看看更广袤的世界,想过上更好的生活,但终究不敌现实,被磨平棱角后只能将理想暂时封存。

她明白自己现在的处境,兼职家教不是长久之计。她对此时此刻的自己很是失望,明明很努力,却好像使错了方向。她翻遍了整个通讯录,实在找不到可以说话的人,她期待有人能给她一些指引,于是又向夏知发出了邀约。对于上次照片的事,夏知还耿耿于怀,但解铃还须系铃人,在这个节骨眼上,或许瑾池是解开死结的关键,他犹豫再三,还是接受了邀约。

两人经过商量,最终约在了一家开在深巷的咖啡厅。看着包裹得严严实实的夏知慢慢落座,瑾池感觉奇怪又好笑,不由得调侃道:"你这是成通缉犯了吗?穿这么多是怕被人认出来吗?"

"说对了一半。"

"真成了通缉犯?"

"嚯,我在你心里就是这个形象啊?"夏知略表无奈地笑道。

"那你这是怎么了?跟我约个会有那么见不得人吗?"敏感的瑾池开玩笑地问道。

"哎,你可别乱说啊,什么约会?我是有家室的人,来之前咱们可是说好的,我是给你传道授业解惑的。"夏知急忙辩解道。

"那你说说,为啥穿这么多?"

"还能为啥?还不是因为你?"

"因为我?"

"是啊,就是上次下大雨我安慰你的时候,不知怎么回事,你忽然扑上来抱我,结果被拍了照片寄到家里,还被你嫂子看见了,我现在还为这事头疼呢。今天来也是想请你帮个忙,跟你嫂子解释一下。"

"什么?被拍了照片?谁这么龌龊?"瑾池难以置信地望着夏知,大脑飞速地运转,却实在想不出谁能做出这种事。

"那天公司只剩彼特,除了他,我想不出第二个人。"

那天和春晓吵完,气不过的夏知便找到彼特当面对质,问其照片的情况。孰料彼特见到夏知兴师问罪的模样甚是震惊,表示对照片的事一概不知。面对夏知的再三逼问,彼特全都矢口否认,还建议他回家多陪陪妻子,夏知没有办法,只好揣着一肚子气走了。

"我也想不出,但那天彼特确实很奇怪,让我私下多找找你。"

"对,感觉最近彼特很是奇怪,他居然愿意放我回家休息,之前可是能留我多久就留多久。"

"我觉得事情没那么简单。之前听财务说公司的账有些问题,下面人都在传公司要倒闭,这个哥知道吗?"

"这是什么时候的事?我还真没听说过。"夏知略感震惊,感觉事情确有蹊跷。

"就在不久前,但信息来源不一定可靠。"

在一番讨论后,夏知决定回公司查明情况。会面结束后,夏知虽然不能给瑾池有用的建议,但瑾池从他的成长历程中也获得了不少启发,在离别之际,她决定帮助夏知跟春晓解释。

跟瑾池聊完,夏知最终将目标锁定在彼特身上。他连给彼特拨去四五个电话,均是关机状态。夏知察觉情况不对,即刻赶往公司。

公司的大门敞开,虽表面正常,但夏知的内心有种异样的感觉。他直奔彼特的办公室,想追问其究竟。

夏知推门闯进,只见助理正在收拾房间,他迅速上前询问彼特下落,可助理表示她也好几天没见彼特了。

彼特的书柜已被搬空大半,助理头也不抬地继续整理桌上的文件。夏知看着神色有异的助理,敏锐的直觉告诉他助理一定在隐瞒什么。

夏知瞅准时机,迅速夺过助理手中的材料,他迅速翻阅,最终将目光定格在一份财务分析报告上。他质问助理彼特的去向,面对气愤的夏知,助理一时不敢出声。

在气氛焦灼之时,助理的手机忽然响起,她紧张地拿起电话,正要接听,却被夏知眼疾手快地夺去。

夏知瞥见了来电显示,刚接通便大声质问彼特在哪。

电话那头沉默片刻后,缓缓说出一个地址便挂断了。夏知把手机递给助理,立刻起身赶去。

"你还是找来了。"彼特看着气喘吁吁的夏知,无奈地笑道。

"是啊,你电话打不通,人也找不到,没办法,只能找你的助理了。"

"刘夏知,不得不说你真的很厉害,能招进来那么多弟兄。实话告诉你吧,我当初让你进公司,只是为了用你的那笔钱作为本金来盘活公司。"

"我不懂金融,不懂资本,我只想过好生活,现在来找你,只想再问一遍,为什么要把照片寄到我家里?"

"那只是一个意外,我没想到会撞见,但也省得我花工夫把你支开。"

"支开我?"夏知不解地问道。

"是啊,可能你自己都没发觉,你在公司的势头已经快超过我了,公司的业务员多少都跟你沾点关系,如果不把你们支开,很多工作都没法开展。所以那天我拍完照片便寄到了你家,只要能稍微分你点神就够了。"彼特摆摆手,故作无奈地说道。

"我一直把你当兄弟,你怎么能做出这种事?"夏知拳头紧握,愤懑地说道。

"兄弟？如果我不能带你们赚钱,你们会跟我称兄道弟吗?"

话刚说完,毫无防备的彼特脸上便生生挨了夏知一拳。

"人都是有感情的。"夏知说完便转身准备离开。

"喂！就这么走了？不想知道我为什么要支开你吗?"看着夏知离开的背影,彼特忍不住喊道。

"大概能猜到。我虽然没赚钱的头脑,但毕竟年长你几岁,奉劝你做人要有底线,这世界是公平的。"

彼特瘫坐在地上,发出阵阵笑声,手里握着夏知送他的公司第一次团建的合影。近期因经济形势不佳,公司资金的问题已困扰他数月,他知道公司不少人都把钱投进了公司,一旦崩盘,后果不敢想象,巨大的压力让他想临阵脱逃。他找不到人倾诉,这次鼓起勇气见夏知,是试图在迷惘中寻找归途。

夏知回到家,惊讶地看见春晓正和瑾池有说有笑。

"哟,你俩这是……?"

"你怎么才回来?瞧不见秋航老师来了吗?"春晓见夏知回来,示意他招呼客人。

夏知赶忙去厨房新沏了壶茶端出来。春晓见状扑哧一笑,说道:"照片的事瑾池都跟我说了,你表现得不错。"

"见到彼特了吗?他说什么了吗?"瑾池紧接着问道。

"见到了,在一家露天的咖啡厅。"夏知长叹了一声,又接着说道,"我和他没法交流,我们根本不是一路人。"

"不是一路人你们是怎么搅和在一起的?"春晓翻了翻白眼没好气地说道。

"彼特愿意见你,这点其实我是非常意外的。"瑾池想了想,又继续分析道,"最近经济不景气,按照运营模式,公司很可能遇到了资金问题。彼特最近的反常行为,说明他很有可能是想在崩盘之前脱身。"

"如果真的是这样,那弟兄们的钱岂不是全没了!"夏知恍然大悟道。

"怎么不先担心担心你自己?"春晓听完赶紧提醒道。

"彼特明知道你会追究照片的事,但还是见了你,说明他见你可能有更重要的事。"瑾池思索片刻后又继续分析道。

"走之前,彼特确实想跟我说些什么。"夏知回忆道。

"要不要再问问他?"春晓见夏知摇摆不定,于是建议道。

夏知点了点头便给彼特拨去,但电话已经处于关机状态,于是他又给助理拨去,短暂地呼叫了几秒就接通了,夏知立刻询问助理彼特的去处,在多次询问无果后,只能作罢。

就在三人认真思索时,夏知的电话突然响起,一个业务员表示最近经常有人投诉提款到账太慢。夏知挂断电话后,迅速打开软件想尝试一番,发现软件提款页面加载缓慢。

"这事不能再等了。"夏知当机立断,立刻起身去原来的地方寻找彼特。

夏知在路上反复思考,彼特不想被找到,不想被打扰,所以认定他现在没有地方可以去,大概率会守在原地。

一路飞驰,夏知顺利抵达,果不其然,彼特还在原地未动。

"怎么又来了?"彼特看见夏知后便心不在焉地打了个招呼。

"你想跟我说什么?"夏知反问道。

彼特没有回答,只是呆呆地眺望着远处。夏知见状继续说道:"有很多人举报公司的软件,你知道吗?"

此时彼特仍旧不作声,只是红着眼,情绪逐渐失控,夏知则安静地看着这一切,几番欲言又止后也选择了沉默。

　　夏知晚上刚回到家,春晓便问起彼特的情况。夏知默默地叹了口气,说了些无关紧要的处理方式后就休息了。

处暑

凛冽的风吹过，萧瑟的不止绿叶，还有全球的经济。网络借款平台爆雷的消息一夜之间传遍大街小巷。夏知的手机铃声响个不停，他知道电话那头是无尽的漫骂。这个月公司平台亏损严重，不少客户因撤资失败，开始陆续组织同伴上门讨说法，就连公司的员工也开始躁动不安。

大批的客户围堵在公司门口，嚷嚷着要见公司领导，员工们畏缩在门内不敢出声。无奈的员工们只能寄希望于夏知，期盼他能出面解决，可他也没想到事情会这么突然。在员工们期待的眼神中，夏知只好硬着头皮去尝试安抚众人的情绪，可刚组织好说辞，在偷瞄到门口的情况后就马上畏缩了。最终在有人扬言要砸门时，夏知开门了。

"我就想知道钱为什么取不出来！"

"对，为什么取不出来？！"

"我全部家当都放在你们这，是相信你们，结果你们就这样？"

"那是我的救命钱啊,至少把本钱还给我啊!"

夏知刚露头,客户们便蜂拥而进,将他围住质问。从西装革履到花袄布鞋,门口聚集了各行各业的人,如此同仇敌忾的场景甚是少见。

"今天这事不给我们解决,你们就别想走!"

"对!"聚集的客户们异口同声地说道。

无形的硝烟霎时充斥办公区,有些客户冲进办公室见人就质问,不知情的员工只能归咎于技术问题,有些员工干脆加入"敌军"。员工与客户驴唇不对马嘴的对话,更是火上浇油。彼特不在,谁也不知道问题何时能解决,很多员工甚至自己的钱也在平台里面,每个人都只关心自己的那份。

外面凉爽的微风,并不驱散里面的燥热。生活的压力各式各样,而这场理财投资的豪赌,不过是矛盾的导火索。

人群中不知谁忽然大喝:"废话那么多干吗?我们人多,打到他们说!"前排的人还未来得及思考,后面的人便推搡上来,憋红着眼陷入疯狂。女员工们惊慌着躲进仓库将门反锁,男员工们只能强行保持镇定与讨债群众对峙,现场没人再关心要钱的事,大家全心只为发泄心中的不满。

热闹的场景没持续几分钟,警察便来了。聚众闹事的人被带走后,办公室逐渐恢复了清静,所有人都松了一口气。悬挂的电线,凌乱的纸张,还有东倒西歪的电脑,办公室内一片狼藉。公司一些员工被带去了派出所录口供,剩下的则瘫坐一团。

"你那边事情办得怎么样了?"夏知坐在沙发上拨通了彼特的电话。

"我这边快处理完了,公司现在还好吗?"

"没想到来得这么快,警察已经把闹事的人都带走了。"

"那就好,等我把剩下的事处理完应该会好很多,但很多人的本金肯定还不上了。"

"只能亡羊补牢了。"

夏知挠着头叹着气,不禁回忆起那天与彼特的会面,想着如果不答应他的请求现在会是怎样的光景。

原本只是想圈些钱便跑路的彼特,没料到公司会越做越大,虽没什么经营经验,但清楚规则的彼特早就预料到公司资金不足,经历过父亲被亲戚坑骗、自己被朋友背叛的他发誓再也不相信任何人,本想分散夏知的注意力后一走了之,但就在他准备离开时,心里似乎落了空。他没想到自己已在无形中被夏知影响,这是他第一次创业,第一次感受到团队的温暖,也是第一次有深深的负罪感。彼特向夏知倾吐自己真实的经历,期待这位兄长能将他救赎。

夏知在得知公司的经营状况时,情绪异常激动,脑中不断回响着家人指责的声音。但冷静后的夏知清楚再抱怨也于事无补,同在一条船上,不得不共同面对。在夏知的劝说下,彼特决定不再逃避,先想办法填补资金,保证客户正常撤资,只是没想到暴风雨来得猛且急。

没过多久,夏知便听说彼特被法院传唤的消息,他明白所有的努力都将付诸东流。现在的他没有任何办法,只能耐心等待最终的结果。

最近大厦里谈论的话题,全是围绕夏知公司展开的。这是夏知最后一次来公司,曾经热闹的办公区现已空空荡荡,才短短一周,玻璃上便蒙了层灰。

"喂,刘夏知,你可算接电话了,我哥们的钱咋办?"

电话那头是和夏知关系不错的老乡,他嘴唇嘟哝了几下,手便垂下,熄灭了手机屏。这个冬天冷得反常。如果他没有跟彼特进公司,老实干着本行,或许现在也是生活小康、家庭美满,可惜现实没有如果。

这是夏知成年后第一次流泪,他蹲在办公室的玻璃前,哭声被玻璃、寒风掩盖。簇拥的高楼下,人若蝼蚁。

"爸,在家吗?"

"嗯,出事了吗?回来说吧。"

夏知拨了老刘的电话,那头仿佛早有预料,没一会便接起了。

回到家,熟悉的味道让夏知感到安心,但温暖中夹杂着一些薄凉。秋航长高了不少,春晓有些憔悴,一家人没有言语,依靠眼神互相安慰。

"爸爸回来了。"老夏冲着秋航说道,试图找回热闹的氛围。

"先坐吧,别傻站着了。"老刘拍拍沙发,招呼夏知过来。

满脸疲态的夏知见秋航趴在春晓身上,便用力把秋航拽进自己怀里。秋航被夏知满脸的胡茬扎得乱叫,一家人见此场景都乐了起来。

"你那边怎么样?"老夏注意到夏知有些憔悴,便关心地问道。

"完了,全没了。"夏知摇头叹气道。

"彼特呢?"春晓问道。

"已经进去了,正等结果呢。"夏知神色凝重地说道,又陷入了沉思。

大人的事,秋航朦胧中明白些,所有的讯息都印刻在脑海里,随着时间推移,一点点剖析理解。

屋外清冷,好在屋内是暖的。珍惜眼前是老刘从小教给夏知的,现在夏知终于算是悟了。

"后面你打算怎么办?"春晓担心地问道。

"先等结果,后面走一步算一步吧。"

"那家里的……"本想询问经济来源的春晓,话到嘴边又生咽了回去。

夏知明白春晓想说什么,他也想说或做点什么,可现实让他无能为力。

老刘从厨房里端出一桌热气腾腾的饭菜,像往常一样招呼着大家趁热吃。夏知把头埋进碗里,大口扒着白米饭。春晓跟老刘、老夏眼神对视了一下,对着夏知说道:"慢点吃,吃点菜。"

夏知放慢了吃饭的速度,但依旧把头埋在碗里。

"又没人怪你。"老夏看着夏知,心疼道。

一旁的老刘用胳膊肘戳了戳老夏,还白了她一眼。夏知停止了进食,他塞了满嘴的米饭,像个做错事的孩子,这时所有人都盯着他,却又一言不发。

"没事的,既然都发生了,那也没办法。"春晓边给夏知夹菜边说道。

"家里和春晓我们会照顾好的,你放心。"老夏急忙又把话接了过来。此时老刘忍不住大叫道:"你能不能少说两句?"

夏知迅速吃完饭便回屋了。秋航安静地看着眼前的一切,好奇大人的世界究竟是怎样的,他好像明白,但又很迷糊。春晓闷声吃着饭,心里思索着什么。老刘看出春晓有些异样,明白老夏刚才的话刺进了她的心里,又白了老夏一眼,便安慰她别多想。

没过多久,审判便有了结果,彼特非法集资罪名成立,公司正式宣告破产。夏知最后一丝希望随之破灭,他清楚即将面临的困难不止眼前的生活,还有来讨说法的朋友和客户。

白露

"刘哥,我准备换个城市了。"

听着电话那头瑾池的声音,夏知轻轻地应了声,似乎只有他能听见。

"秋航很聪明,其实不用别人教他的。"

"这段时间辛苦你了,祝你越来越好。"

"你也是。"

挂断电话后,夏知独自守在房间,他不知道该去哪。春晓在门外偷偷看着他,想安慰却不知如何开口。老两口见夏知如此,更是百感交集。

民以食为天。为了让儿子重新振作起来,老刘亲自下厨做了满桌好菜,还拿了两瓶珍藏的好酒,一家人围坐,像是又回到了从前。

"男子汉大丈夫,能屈能伸,没什么过不去的。"老刘举着杯,朝夏知豪气地说道。

父子俩这杯酒下肚后,夏知依旧心事重重,沉默不语。一家人只好继续营造气氛,好让夏知提起精神来。

三巡酒后,夏知终于开口说了第一句话:"我真的没用。"

"没事的,没事的,没人怪你,你已经很努力了。"春晓看着垂头丧气的夏知宽慰道。

"什么没事,没钱你怎么治病?"夏知反问道。

"我和你妈还有点钱,你放心,砸锅卖铁都会给春晓看病的。"老刘坚定地说道。

"没有钱,你俩怎么养老?秋航怎么上大学?"夏知借着酒劲又继续问道。

"我和你妈不用你管。"老刘有些生气地回道。

"不用我管?要不是当年没钱上大学,我会成现在这样?"夏知湿红着眼睛冲着老刘和老夏嚷道。

"刘夏知!你有完没完?"春晓激动地站起来冲夏知喊道。

"没事,你让他说。"老刘低头喝了口闷酒道。老夏在一旁不出声,所有的情绪只能深埋心里。

"刘夏知,以前的你可不是这样的,那个有问题会想办法解决,再难都打不倒的刘夏知去哪了?现在说这些有用吗?你对得起那些相信你的朋友吗?对得起我们吗?对得起你自己吗?"春晓拍着桌子,恨恨地说道。

"老师说,昨天已过,明天还没来,只有今天是天赐的礼物。"

秋航瞪着水灵灵的大眼睛,尝试安慰父亲。

夏知看着秋航,恍若隔世。让他惊醒的不是秋航的话,而是秋航。

"你儿子都比你懂。"春晓看夏知还在执迷不悟,继续补充道。

"吃完饭,一起出去走走吧,好久没一起散步了。"老夏突然的提议打破了僵局。

吃完饭,一家人简单地打扮了下,便出门游逛街市去了。幽静的河道,谈笑的行人,繁华的街上有着浓厚的烟火气,显得热闹非凡。

有的店铺里陈列着稀奇古怪的小玩意儿,秋航被其吸引,拿在手中反复把玩。春晓见儿子喜欢,便问道:"想要吗?妈妈给你买一个。"

秋航抬头看了一眼父亲,摇摇头拒绝了。

夏知看在眼里,默不作声地离开了。他故意避开人流密集的广场,只因觉得喧嚣。

老刘看出夏知的心思,便说道:"差不多了,我腿不舒服,秋航也要早点休息,明天还要上学。"

"这才逛了多久?"老夏贪恋这难得的夜景,嘴里嘟囔道。老刘拽了拽老夏的衣角,使了个眼神。春晓心照不宣,明白老刘的意思,便一同回去了。

做惯了事的夏知,闲了几天便待不住了,于是他去人力市场找了份装修的零工,好补贴家用。还没消停一个月,催债的人便找上了门。收入微薄的夏知,因还不上贷款,窟窿越来越大,这事他还没敢告诉家人,但他填的担保人是老刘。

接连的电话让老刘摸不着头脑,原本还以为是诈骗电话,但他渐渐意识到事情并不简单。各色的催债话术让老刘应接不暇,血液涌上大脑,脑门冒着细汗,最后在连连应允中收尾。

"夏知,你最近干吗去了?"

"没干吗。"

"是不是在外面欠了钱?电话都打到我这了。"

夏知没想到竟然来得这么快,惊觉催债人已找到老刘。

"你到底欠了多少钱?"老刘看着瘫坐在地上的夏知,不禁颤抖地问道。

事已至此,夏知明白再瞒也是徒劳。

"一百万。"

老两口神色凝重,摇头叹气。春晓在一旁面无表情地削着苹果。

"你看看你!"老夏带着哭腔指着夏知说道。

每月的利息就过万,夏知不敢深想,只觉大脑一片空白。

老刘顿了顿,叹道:"把房子卖了吧。"

"疯了吗?卖了我们住哪?"老夏狠掐了下老刘的大腿,气愤地问道。

"夏知,你看看,能还多少就还多少,这样下去不是办法!"老刘不顾老夏反对,他知道这事再不解决,卖房子也解决不了了。

生气的老夏推搡了一下老刘,便独自回屋了。夏知双手掩面,双眼透过指缝盯着地面,他感觉地面在不断下陷、旋转,旋涡的中心似乎有双赤红的眼睛在凝视着他。

"唉,不说了,好好过日子吧。"

"爸。"

父子相视,所有的辛酸都在眼眸间流转。

夏知扫视了眼屋子,最后看向春晓,两人没有言语交流,但春晓用眼神告诉夏知,他得坚强。夏知努力起身抖擞精神,他想逃避,但没工夫颓废,混乱中他匆忙逃出了门。听见关门声,老夏从屋子里出来,静静倚在门框边对着空气祈祷。

接送秋航的工作又落在了老夏头上,仿若回到刚进城时,路上的街景熟悉又陌生。熙攘的人群中,落着一地补习班的宣传单页,门口接送学生的车辆也稍多了些。老夏偶尔会瞅一眼,看看现在孩子都学些什么,但高额的学费让她望而却步。

"嗨,阿姨,您在啊!"

熟悉的声音从人堆里传来，老夏定睛一看，原来是小周。人海中，小周一眼便认出了老夏，他穿过人群，气喘吁吁地跑到了她面前。很久未见，小周身体变得精瘦，皮肤黝黑，眼神也变得干练许多。

"好久不见。"老夏认出是那个销售老乡小周，赶忙回道。

"是啊，好久不见，最近都在忙啥呢？"

"最近都在忙家里的事。"

"那上次给您孙子报的班，怎么样？"

"还可以吧，后来因为一些事就没再学了。今天又是想给我推什么补课班吗？最近可没打算报班啊。"

"阿姨，您误会我了，我早就不做培训班了。"

"那你现在做啥了？"

"最近有很多金融公司倒闭，我之前的培训班老板被骗了钱，全赔了进去，培训班也没了。没办法，我只好另谋出路。我现在的工作也不错，比在培训班赚得多。"小周憨厚地笑道。

"唉，我儿子也被骗得倾家荡产了，害人啊。"

"阿姨，您儿子叫什么？可能和我之前老板是同一批，他们现在正向公司要钱呢，说不定还能要回来。"

"能要回来？刘夏知，认识吗？"

这名字小周没想很久，便瞪大眼睛悄悄问老夏："您儿子叫刘夏知?"

"是啊。"老夏没多想,听小周的口气,他好像认识。

"听我老板说,他就是被一个叫刘夏知的手下拉去投钱的,现在扬言说,如果钱再拿不回来,就准备上门讨债啦!"

"你说的可当真?"

"这可说不准,都被逼上绝路了,听别人说,前天还有个跳楼的呢。"

她神情恍惚,身体朝后踉跄了下,稳住后拉起小周的手问道:"讨债的不会来我家吧?"

"这现在谁也不知道,我也是道听途说,可能直接问您儿子会比较清楚。"

"但我们的钱也没了啊。"

说完,老夏便情绪激动地失声哭诉,周围的家长不自觉地围了过来,看着手足无措的小周与失态的老夏。小周一边对围观的人说"没事",一边试图把老夏搀扶起来。

"没事的,凡事都往好处想。"

陷入情绪旋涡的老夏根本听不进任何安慰,失控的她,嘴里不停地说着琐事,心酸与无助在内心压抑,头痛胸闷只有叫出来才能痛快。

快放学了,校门口越来越堵,家长们陆续散去,准备迎接孩子。孩子们蜂拥而出,与家长们精准配对,有些爱凑热闹的家长在接完孩子后又回去安慰老夏。

秋航刚出校门便被哭声吸引,他缓步向前,发现声音的主人正是自己的奶奶。

秋航急忙跑上前小声询问情况,并试图拉起奶奶,小周见状也一起帮忙。老夏听见秋航的声音,情绪方才渐渐平稳。在两人的搀扶下,老夏终于摇晃着站了起来,围观的众人大多也知趣地散了。

"小周啊,我家可已经什么都没有了啊!"恢复些理智的老夏紧紧拉着小周的手说道。

"阿姨,我也没什么办法啊!"小周满脸无奈地摇头回道。

"我可真什么都没有了啊。"老夏不知道能再说些什么,只能重复自己的心声,好让小周替她出主意。她转念一想,又继续恳求道:"要不你留下我的电话,有什么情况随时跟我说下,可以吗?"

小周连连点头,想尽快记完号码逃离此地,毕竟被围观的感觉并不好,就算是经常和人打交道的他也难以适应。

跟秋航一起放学的同学见这场景,只觉得奇怪。各色的评论与词语在人群中飘着,秋航只能装作没听到。

秋分

　　给房子装修是个技术活，从设计的敲定到材料的配置，一砖一瓦的细节把控，都会决定最后成品的品质。夏知重拾老本行，开始时还有些生疏，但好在有经验、上手快，熟悉几天便能轻松应对。为人和善的他，平日工作虽不善言辞，但是心肠热，没几日就得到同事们的一致认可。

　　竣工一户，他们便会组织聚餐，几盘小菜几壶小酒便能畅饮至酣。新同事都是直性子，喝点酒便会无所不谈，从古至今到家长里短都能说些一二，生活的苦闷在此刻烟消云散。

　　夏知默默地听着，偶尔自己喝两口闷酒，桌上的人都看出他有心事。他们知道夏知之前在公司上班，当过白领，便想听他讲讲有钱人的生活是怎样的，夏知从来都是笑笑不作回应，因为他也不知道。

　　新同事都是刚进城务工的，努力挣钱就是为了补贴家用，看着他们每个人天真灿烂的笑容，夏知想起跟自己出来打拼的弟兄们，不知道他们现在在哪，过得怎样。

满怀心事的夏知,在酒精上头后,想想也没什么不能说的。于是他满上一杯,顺喉入肚,一吐为快。刚开始还怕他们笑话,没想到大家却能感同身受。

夏知害怕回家,害怕再听见什么坏消息。房子已经挂到中介了,满打满算卖了刚好能填补欠款。可催债的消息不曾断过,为了不上征信黑名单,他费尽心思,把能借钱的亲戚都借了个遍,可借来的钱加起来还不到五位数。

老夏跟夏知说了催债的事,夏知不想让家人心急,嘴上说着"没事",心还是悬着,现在的事情已不是他能控制的了。

秋航长这么大,夏知没操过心,在回归朝九晚五的生活后,他才发觉亏欠了秋航很多。夏知想尽力去弥补,每晚到家不论多累,他都会给秋航做点好吃的。平时他在工地只吃几块钱的盒饭,每月省吃俭用,想给秋航买些玩具。

"爸爸,妈妈的病会好吗?我看网上说,这个病很难治。"

"会好的。"面对儿子的问题,夏知坚定地答道。

这些年的打拼究竟是为了什么?秋航和春晓入睡时,夏知不时会想这个问题。历经种种磨难,还是回到起点,他这才悟出儿子说过的话,往日不可追,明日不可测,只有今天才是真的。

现在的孩子手上大多会戴一块电话手表,这手表功能齐全,还能社交。看着同学们都有,秋航心里也痒痒的,但秋航从没提过想买手表,虽然家里从不说没钱,却经常会为多花了几块钱大吵一架。可孩子的眼神藏不住愿望,夏知都看在眼里、藏在心里,偶尔送秋航上学的他,会远远看着儿子进校园的背影,身材消瘦单薄。脚下那双球鞋,不知秋航已经穿了多久,鞋底都有些变形了。

"马上要到秋航生日了。"

"怎么,我们家什么时候有这传统了?"

夏知打电话给老刘,想找些建议,给秋航过一次生日。

"可别的小孩都过啊。"

"他长这么大,我也没看你张罗过,今儿个太阳打西边出来了,没钱的时候想这个。"

"这不是将功补过吗?春晓以前提过,我给忘了。"

实际上老刘也没什么经验,见询问无果,夏知只好挂了电话。他蹲在工地上,对着手机屏幕发呆,思索了一会儿,便起身跟工头请假,去给秋航买礼物了。

经过四方打听,夏知找了家口碑最好的儿童手表专卖店。他还没来得及换衣服,顶着一身粉末,抱着头盔便进店了。

见夏知站在柜台前不动,柜员便热情地问他想要哪款手表,夏知憨笑着表示想先看看,这一看就是一个多小时。

他怕衣服太脏弄花了玻璃,不敢靠近,只好站在过道反复观望。店里的顾客越来越多,柜员便着急起来,咳嗽了声再次提醒他选购。夏知清楚柜员的意思,可眼花缭乱的型号,他研究半天也没明白,直接问又怕柜员乱推销,只好赔笑后继续观望。夏知又挣扎了一会儿,还是毫无头绪,最终还是向柜员求助。

"那个手表,有什么推荐的吗?哪款比较好?"

"我们这儿的表都挺不错的,您看看需要什么价位的,这款价格是1298元,卖得比较好。"

"还有没有其他的?我想都看下。"

"这款也不错,价格是1098元,这两款卖得最好。"

"这款能拿给我看下吗?"夏知指了指柜子里标价998元的手表说道。

柜员看了眼夏知,没多介绍,熟练地拿出手表递给夏知。夏知用衣服把手擦了擦,端着手表小心翼翼地观摩起来。

"这款跟那两款有什么区别吗?"

"您手上这款功能肯定是要少点的,而且内存比较小,一分钱一分货,用的材料都不一样。"

旁边的柜员看见也跟上来搭话道:"我家孩子用的就是这款1298元的。"

夏知犹豫了下,指了指柜子里那款1298元的儿童手表说道:"拿给我看看。"

他接过两只表,分别掂了掂,感觉1298元的手表好像沉些,质感上看起来也更好些,可多出的几百块钱却让他犹豫不决。

"怎么样?"柜员见夏知犹豫,只好催促道。

"都挺好。"夏知嘴里应和着,但手中的两块手表实在难以取舍,只好继续厚着脸皮说道,"我能再看看别的手表吗?"

"那麻烦您先把表还我吧。"柜员把表从夏知的手里拽了回来,用清洁布擦了擦,放回了柜台。

夏知把手背到身后,隔着玻璃左瞅右瞅,来往顾客的眼神射在他的身后,让他有些不自在,但他也无暇顾及,尽快选出合适的手表才是正事。他看见别的顾客来咨询,便站在旁边听,好获取更多的信息,孰料人越来越多,还没等他听完柜员介绍,他就被挤出了展柜。

来买表的顾客看见夏知,会不自觉地将孩子往身边拽拽。夏知也害怕衣服上的灰尘沾到别人身上,只能躲得远点,静静地站在围栏边,等着那群顾客散去。

"这款贵点是不是真的好点?"

"当然啊。"

"那就拿这款。"

一位顾客简单询问了下,便直接把1298元的手表戴在了自己儿子的手上。夏知攥紧了拳头,想起家里有些闲钱时也没有给秋航买过什么,他心里不禁咯噔了一下。

思前想后,夏知等柜台前的顾客稍微稀疏些,便迈着大步走过去,提高嗓门说道:"我要那个1298元的。"

柜员顿时眼前一亮,但还是重新确认一遍,问道:"1298?"

"1298!"夏知坚定地笑道。

拿到表的夏知,如视珍宝般反复观摩了许久,确定没有瑕疵后,便拿着单据去收银台结账了。

寒露

房子挂在中介没多久就有买家来咨询。夏知这种急售房，价格便宜，位置也还不错，买家瞅了眼便敲定了，快速办完手续后钱便到账了，一家人也搬去了廉租房。

青墙绿被，老楼远远望去还别有韵味。走近至楼角，阴湿处还躺着青苔，墙皮剥落了几片，内部的红砖清晰可见。相比之前的小区，这个城中村犹如世外桃源，好在租金相对便宜，而且离秋航学校也近。

"这片拆了，你说得给多少钱啊？"

"小几百万得有，肯定比我们那值钱，这房价都翻了好几倍了。"

房子刚转手没多久，房价就抬了一番，夏知想想就很心痛，可白纸黑字的合同已经签字盖章，这痛只能烂在心里，老两口感叹时他也只能忍着不插嘴。

老小区、老住宅，对他们来说却是新环境、新起点、新家。房东阿坤是个时尚的小伙子，性格爽朗外向，在他们入住前便把房子收拾好了。一家人收拾完东西,买了份卤菜,就着啤酒,享受着这难得舒心的晚餐,算是给乔迁贺喜了。

"那钱还上了吗?"搬家虽有些累,可老刘心里还惦记着儿子的债,那些上门催债的人让他记忆深刻。

"还没呢。"

"还不赶紧还上。"

老夏听着父子俩的对话,倒不是担心夏知拿钱不还,只是想着尽快把这窟窿填上,便随口搭了句:"还差多少?"

夏知支支吾吾,嘴里嘟哝了很久也没说出个数。房价涨了不少,市区的已经卖了大几十万元,还有一套挂在中介,总体看,填完账还能富余些。夏知心里粗略算完,便答道:"房子卖完就能还清。"

听罢,老两口的心情便平复了些。春晓咬了咬嘴唇,没接话,夏知看出她的心思,但都不好表露。

"这些天出门都小心点,听熟人说你那个公司倒闭后,现在想要钱的人还不少,他们都认识你。夏知啊,不是妈唠叨,你在外面一定一定要小心啊。"

他隔着灯光,安静地听着老夏劝告。以前听着烦人的唠叨,现在听着竟有些安心。马上就到秋航生日了,手表每天都被夏知装在包里,想在生日那天能给他一个惊喜。

"那个秋航的生日……"老刘忽然提起生日的事，夏知猛然惊醒，他以为父亲忘了这事。他长这么大没体会过生日的特别，在他的记忆里，家里从没这些讲究。

"后天就是秋航的生日了。"夏知回道。

"你有空去给秋航买个蛋糕，那东西我挑不好。"老刘噘着嘴嘟哝道。

父子俩的对话虽有些僵硬，但其中心意谁都明白。老刘把夏知拉扯这么大，除了春节会给他置办两件新衣服外，就没给他买过其他礼物，夏知倒是提过一次生日愿望，说想要本漫画书，却被老刘狠揍了一顿。回忆过往，老刘现在想来确有愧疚，给孙子过个生日很有必要。

夏知望着老刘，冲他一笑，应了声便在手机上挑选起蛋糕。

年长一岁，可能是人一生中为数不多简单的事了，不用费心费力，它就会自己完成。

秋航生日这天，老刘特意调了休，换了身最体面的中山装去接孙子。即使成天和马路打交道，可这条路还是陌生。他挺拔地站在校门口，带着些骄傲和自豪，在一群经常来接送孩子的家长中间，显得尤为突兀。

大门还没开，学生就围堵在铁栅栏前，和家长们隔栏相望。老刘望着一堆红色，试图从中找到秋航，平常天天在一起吃饭没感觉,直到接孩子时问题来了。铃声一响,大门缓缓拉开,孩子们一股脑拥到外面。老刘眼睛转了几圈,见谁都像,家长越来越少,他慢慢开始有些慌了。从地面站到绿化带台阶上,来回扫视几次,老刘终于在马路边看到了秋航,他裤子上屁股那块是老夏给他补的,错不了。

巧的是,刚锁定秋航,老刘就看到一男子突然试图拉秋航的手。老刘想也没想,一个箭步冲过去,把秋航拦在身后。

感觉这两人来者不善,虽看起来陌生,但怕是夏知的熟人,老刘控制着情绪问道:"你们两个是……?"

"哦,我们是刘夏知朋友,您是……?"衣着得体的两人礼貌地反问道。

听闻是夏知的朋友,老刘的态度便缓和了一些。但两男子的身后停了辆黑色的SUV轿车,神情看起来不太自然。

老刘感觉这两人不像善茬,身上的冷汗直冒,只想带着秋航赶紧回家。于是老刘面无表情地说道:"没什么事,我们就先走了。"

两人互相看了一下,欲言又止。还没等两人反应过来,老刘就迅速拉着秋航朝公交车站走去。

"哥,就这么放走了?"

"蹲了两个星期,没想到今天来得这么早。"

"后面估计就没这么好的机会了,他要是回家一说,我俩不就露馅了?"

兄弟俩嘀咕了会儿,对了个眼神,便以百米冲刺的速度追上老刘。还没等老刘反应,一人便从其身后把秋航猛地抄走,另外一人为防止老刘追上来,狠踹了他一脚。好在老刘耕了几十年的地,他大喝了一声,立刻翻身爬起,快速追上两人,嘴里还不停狂喊道:"抢小孩啦,快来人啊!"

行人闻声纷纷留步注目,可周围大多是妇孺,有心无力,带着孩子更是不敢掺和,害怕这两个绑匪身上还暗藏凶器。

看着秋航在绑匪的手上哭喊,老刘心急如焚,拼命迈着大步,追上后用力薅住后一个绑匪的衣角,顺势用蛮力将他按进绿化带。挟持秋航的绑匪眼看就要被追上,只好掐着秋航的脖子回头与老刘对峙。老刘见状不敢轻举妄动,眼睁睁地看着绑匪一步步退后,躺在绿化带里的绑匪见状,便迅速起身冲进车里。就在挟持秋航的绑匪刚准备上车时,老刘立刻冲了上去,对着绑匪一顿猛揍,挥了几十年锄头的拳头如雨点落在绑匪的脑袋上,秋航趁绑匪毫无招架之力时,本能地逃窜出去。驾驶座的绑匪见同伴不敌,急忙从后座抽出水果刀,对着老刘后背一顿乱刺。

老刘的后背传来阵阵刺痛,见秋航已经逃离,他便松劲摔出了车外。两个绑匪对视了一眼,慌忙发动车子,趁着混乱冲出了人群。

秋航跪在老刘身旁号啕大哭,警车和救护车在事发后不久便一同赶到。

事发当晚,警察在无想山抓获了两名逃犯,两人对犯罪事实供认不讳,其中一人正是小周口中的老板。做笔录时,他们的陈述多是忏悔,所有恩怨也在此了结。

霜降

寒风吹过,晨露在窗上凝结成花。秋航的胸口有些湿闷,他打开窗透气,想挥去那天恐怖的记忆。雪洁白无垠,但看久了会有些炫目,秋航闭上眼,感受过去的一切。

老刘已经昏迷了一周,医生下了病危通知,表示他失血过多,即使醒了大概率也是植物人。老夏不信,守在尚能呼吸的老刘身旁。这么多年,她已经不记得上次这么仔细地看着老刘是什么时候了,或许见多不怪,今日才发现那张朝夕相伴的脸上,丘壑是如此分明。老刘越不说话,老夏便越唠叨。她自顾自地和老刘拉着家常,说她回老房子时遇到的事和姐姐家的近况,可最让她啰唆的还是罐子,抱怨要不是罐子被老刘摔坏了,家里指定不会成这样。

卖完房子,虽然还清了账,但夏知仍旧魂不守舍,每天只有两件事,一是闷头干活,二是靠在工地的墙边发呆。他闲下来便会担心家人,就连秋航待在家他也会忧心忡忡。他担心秋航长时间不去学校跟不上学习进度,更害怕去了学校被歹徒袭击,他感觉自己陷入了死循环,怎么做都不对。夏知后悔当初妄图发财,最后落得如此下场,他幻想过无数次如果当时继续干本行,现在或许已小有成就。

因绑架事件的发生,学校主动加强了安保管理,武装后的学校门口保安均配了防爆装备。比起家长们,亲眼看见事件的孩子们倒显得无所谓,在老师们的努力下,没几天便恢复如初,又和往常一样嬉戏打闹。

"秋航,在家待了有段时间了,班主任想让你回去上学,还怕吗?"

"嗯,没事,我想上学了。"

自从出事后,秋航的反应很是平静,夏知却有些不知所措。夏知深叹了口气,简单思索后便决定让秋航返校,他很相信现在治安的水平。

秋航知道那是该难过的事,可他怎么也难过不起来。看见爷爷倒在身旁时,他的大脑一片空白,心脏骤停,那感觉久久挥之不去。在得知爷爷可能不会醒后,他却异常冷静。世界万般,他无法掌握和选择,他想有件漂亮的衣服,也想不去捡瓶子,想挣更多的钱给妈妈治病。事到如今,似乎只有手腕上的那块电话手表如了他愿,也成了照亮生活的光。

对于罪犯,似乎所有人都选择了遗忘。那两人怀着一夜暴富的梦,四处借钱买了夏知前公司的金融产品,却亏空了钱财,也失去了家庭,头脑一热才出此下策。夏知不怪他们,只觉得心疼,心疼老刘,心疼秋航,心疼过去的所有。

老夏每天守在老刘身边,照顾老刘成了她现在生活的重心,她时常捧着一碗白粥,和病房里的白墙、阳光浑然一体。春晓担心老夏太累,想来一起照顾,但被倔强的老夏拒绝了。

老刘这次住院,亲朋好友都没通知,这是老夏的意思。当年两人结婚便是简简单单的,老夏知道老刘喜欢一切从简,她害怕人太多会吵到老刘,便选择独自守候。

房子就那么大,少了一个人却觉得空了很多。老夏会偶尔回家休整下,收拾老刘的东西时,发现他平日在外都舍不得吃喝。冬天的军大褂上面塞着厚厚一沓现金和存折,稍微算下还不少,有五万多块钱。口袋里还藏着账本,里面记录着日常每笔开销。老夏从中拿了两万块钱现金,剩下的则给了春晓,秋航还在长身体,自己平日不在家,想让春晓改善一下伙食,给秋航多补充一点营养。

回到学校的秋航,刚进班级就被投来异样的目光。在他进班前,老师已提前跟同学们打好了招呼,让他们以后要多照顾秋航。曾经欺负过秋航的同学有些矛盾,总觉得心里有道坎。每位老师见到他都像看稀有物种一样,上课关注他的状态,下课会找他谈心,询问他的近况和感受。秋航很不自在,老师和同学们突如其来的关心让他有些局促,他不明白大人们的意图,更不觉得说出来会好受,被关注的他倒更显得格格不入,学习成了他逃避现实的不错手段。

"你感觉秋航状态怎么样呢?"

"问他问题从不回答,遇到这种事,搁在谁身上都不好受,更何况是一个孩子,能来上学就不错了。"

"是啊,我们班有个孩子的父母离异了,对他的影响很大。听说秋航父亲也不常在身边。"

"真可怜,不容易啊!他爸好像做什么金融理财亏了很多钱,不然也不会发生那种事。"

"什么理财,就是传销,都是自找的,就是可怜了孩子。"

"你们啊,少议论点人家的私事,这事是没落到你们头上,我看小赵不也买了那啥吗?有空多关心关心孩子们的成绩。"年级主任老侯路过办公室听见老师们的讨论,忍不住训斥道。

老师们互相瞅了眼便各自回工位了。老侯前几周的开会内容,基本都是围绕这孩子,教了几十年书的他也是头次遇见这事,他老婆前年去世,那心情多少能理解些。

秋航班主任这几天出现在班级后门的次数越来越多,时不时地观察他的行为,试图从中找出一些反常的地方,好借口做心理辅导,履行自己的职责。

"又在看秋航啊?"老侯巡班时看见班主任又在后门偷瞄,笑着问道。

"不放心啊。"班主任听见老侯的声音,立马转身憨笑着答道。

"你们这些小年轻,那些教育心理学没见你们少看,一遇事就疑神疑鬼。让你们关心,不是让你们跟踪,天天这样盯,没病都得盯出病。"

班主任摸着头尴尬地笑着,红着脸语塞。本还准备顺便抓两个调皮的同学数落一顿,结果自己却被年级主任抓住说了一通。没出意外,班主任被老侯拉去了办公室,老侯简单地问询了一下班级学生的整体情况后,便问起秋航的情况。

"你盯了这么长时间,对这孩子你有什么建议吗?"

"目前来看,还挺正常的,只是……就是太正常反而感觉有点不正常。"

"什么叫正常,什么叫不正常?你也带了几届学生了,来说说看。"

"这个……我觉得,一般遇到这种事,精神上应该都会受些刺激吧,可能会有些不正常的行为。"

"你刚才在后门偷瞄的行为,是正常的? 如果他真有不正常的行为,你打算怎么处理呢?"

"通知家长吧。"

"有问题不从源头解决,找家长有什么用?要学校干吗?要老师干吗?家庭是很重要,但我认为学校的教育同样重要,孩子们放学后回家吃完饭就休息了,真正的教育还是在学校。你以为特别关注他,就能给他安慰吗?适得其反。秋航这孩子家境一般,听说刚来的时候还有很重的口音,你平等对待他,但他的同学平等对待吗?同学们如果不能接纳秋航,那这就是素质教育的问题,是老师的失职。你懂我的意思吗?"老侯一改往日的笑脸,严肃地跟班主任分析道。

班主任红着脸,额头冒着冷汗,后背阵阵发热。回想自己之前的做法,确有些不妥,他觉得老侯说得很有道理,只好唯唯认错。老侯看到他尴尬的神情,便不再多说,起身走了。班主任送他出了办公室,咬了咬嘴唇,又一个人悄悄溜到了班上。这次他悻悻地站在门口,假装打电话,有意无意地观察同学们上课的神情,而聪明的同学早用余光注意到了他,全都挺直了腰板,认真听课。

等下课铃一响,他就冲了进去:"我说几句话,不会占用很多时间。"同学们虽很不情愿,但依旧端坐。

"我先问各位一个问题,你们生活中有没有遇见与众不同的人?"

"有!"

"那和他们交流吗?"

同学们面面相觑,不懂其意。

"好,那我说个故事。从前有个老爷爷,在山溪发现了一个竹篮,里面装着一个婴儿。老爷爷看着可怜,于是就将他带回家抚养成人。时间一点点过去,婴孩长成了壮实青年,可村里的人并不待见他,因为他看起来与众不同,和周围人格格不入。处处受排挤的他,在老爷爷的教导下,终于决心走出山去外面看看。你们猜,他后来遇到了什么?"班主任故意停了下,看了看同学们的表情,继续说道,"他出了山后,脸上的胎记被城里的大官认了出来。原来他是城堡里的王子,因之前宫廷斗争,篡位的人想把他杀了,那个大官把他救下装在篮子里,放进了河里。现在王子归来,于是从前追随先帝的大臣们又暗地联合起来,帮助王子夺回了王位。你们从这个故事中学到了什么吗?"

同学们在底下叽叽喳喳,说不出所以然。班主任等待几秒后又说:"可能每个与众不同的人都是一个王子,或者一个天使。"

"老师,我听过那个后背有疤,她老师说她是折翼天使的故事。"坐中间的一位女同学立马回答道,得到了班主任眼神的肯定。

"好了,今天就说到这,大家下课吧。"

班主任说完,下了讲台心满意足地走了。世界上不会发生的事,就是自以为是的事。他刚走,"小金刚帮"就朝秋航围了过去,问他老师说的与众不同的人是不是指他。

"你爸是不是国王啊?"小个的四眼严肃地问道。

"欸,你见过国王儿子捡瓶子吗?"领头的卷毛说完便带着小队哈哈大笑,周围同学冷漠地看着。

"你们过不过分?跟你们有什么关系?"那个女孩起身来到秋航身边,瞪大眼翘着下巴试着提高气势。秋航一直低着的头随着她的到来,仿若向日葵般迎向她。他不知道那是什么感觉,如干天的慈雨,又如麦田上的暖阳,温润却不能接近。

"小金刚帮"被质问吓得半晌没反应过来,被一个女孩子教育一番,想反驳却自知没理,只好红着脸恶狠狠地瞪着她。

"你们在干吗呢!"

上课铃声悄然响起,但全班同学都被这五人吸引,不知老师已经上了讲台,在听到老师的咳嗽声后,立马全窜回了自己的座位。

秋航的眼神盯着女孩直到她回到自己的座位上才安定。那个女孩叫沈月好,在这个年纪长得不算出众,却是班上最干净利落的女孩子,性格直爽,成绩优异。秋航平时不爱说话,忽然想起平时班上只有月好会主动和他搭两句话,因为其他同学总说他身上有股奇怪的味道。开始他每天还会自己闻闻,直到有一天,秋航问起月好关于他身上的味道时,从她的眼神中才恍然明白,有味道的不是身体,而是捡瓶子的习惯。

立冬

  随着时间流逝,夏知一家逐渐适应了现在的生活。回到家的三人很少交流,秋航越长大越沉默。夏知平时忙于工作,很晚才能到家,一家人很少有机会一起吃饭。夏知偶尔想找秋航聊聊近况,秋航却都以学业繁忙为由拒绝,只有在探望老刘时才愿跟夏知同行。

  房价持续上涨,购房热度居高不下,装修公司的生意红火,这段时间正是赚钱的好时机。夏知和工友们全身心扑在工地上,烦心事也能暂时淡忘。

  之前因夏知而产生损失的工友,在得知夏知的近况后,也渐渐释怀,并自发组织向他道歉,并表示想继续跟着他干,夏知没多想便答应了。他和老板简单商量了下,老板便欣然接受了。

  事到如今,夏知的心态缓和了许多。春晓生病时他还会胡思乱想,老刘受伤后他便学会了放空。生活中的困难是难挨的,生活的平淡亦难挨,夏知在秋航的身上看见了自己曾经的影子,这是他冲破平淡的动力。他只想着多挣钱,供秋航完成学业,娶妻生子,期望他能平平安安地生活。安得摇椅沐暖阳,斜柳轻风起菖蒲,是夏知怀念的生活。

公司的生意越来越红火,老板都看在眼里,觉得本分的夏知是个人才,便把城南几片小区的装修都交给他负责,夏知的收入一下提高了不少。

任命前天,夏知还被蒙在鼓里,老板悄悄给他准备了升职宴。他在喜庆的烛光里恍惚,火焰中渐渐浮现出一副副熟悉的面孔,大家都沉浸在夏知升职的喜悦中。他拼命地甩了甩头,从未想过会有如此梦幻的一幕,感动的情绪涌上心头,一股酸泪从眼角流下。

进入新环境的夏知,工作内容和之前的没差别,只是他每天更加繁忙,手机也不敢关机,生怕错过一单生意。

秋航的生活起居全落在了老夏身上,每天除了接送秋航上学放学,买菜做菜成了头等大事,周末也不得闲。夏知平日忙起来还好,可回家躺在床上,便会担心秋航的未来:秋航能否考上省重点高中,大学选哪个专业才好就业,工作是在家乡还是在大城市,未来的儿媳会是怎样的,他们的生活是否幸福……他会想很多,在深夜辗转反侧,偶尔还会溜到秋航房门口偷偷看他,但一到早上,父子俩便形同陌路,有事也不会多说几句话,似乎达成了某种默契,无须多言。

眨眼的工夫,秋航便长成了大高个,成长的记忆片段渐渐拼接汇聚,昔日的遭遇让他与夏知有所隔阂。

夏知清楚他在叛逆期,心事都写在脸上,每次想说些什么却只能欲言又止,想表明心意却又怕词不达意。偶尔秋航跟他说几句话,他便能开心一整天。

房价渐渐稳定,许多准备买房的人开始观望,夏知的生意也趋于平稳,平日的闲暇时间也多了起来。

秋航顺利考上了全市最好的高中,在班上依旧默默无闻。夏知脸上的笑纹是他藏不住的喜悦。秋航从不喊家长去开家长会,就连春晓和老夏也不知情,好在秋航的成绩还不错,班主任看在眼里,但不会多问。

"你好啊。"

秋航与沈月好在校园里如约而见,月好主动和秋航打了招呼。她依旧笑眼动人,也褪去了儿时假小子的模样。月好家境不错,当时去了市里最好的初中,时隔三年再见,除了气质稍有变化,曾不出众的脸蛋现也变得好看。

"你好啊。"

秋航想微笑,可挤出的只有尴尬。再次见面,秋航的内心不禁悸动,熟悉的声音让他确定就是那个月好,风中飘散的发丝却显得梦幻。他知道她一定会来这所高中,那个记忆中会为他打抱不平的高个女孩,如今却比他矮了一截。秋航看见她,除了打招呼,不知该说什么好,只好抓紧衣角,紧张地咽口水,犹豫了几秒便逃回了班级。

此刻的秋航非常慌张,他不想让同学知道他有个爱捡瓶子的奶奶,有个生活窘迫的父亲。他虽然懂事,不会去攀比家庭,但坚强的内心敏感而脆弱,他害怕再被同学冷落,也害怕不被认可。所以几经心理斗争,但凡每次需要家长到校,他都会找个理由搪塞过去。

夏知老板的孩子恰好跟秋航在同一所高中。他们聊天的内容除了工作,就是孩子,这也是相互可炫耀的资本。

"你那孩子在哪所高中啊?"有好事时,老板都忍不住找个话题炫耀。

"一中。"

"很不错,和我家孩子在一所高中。最近参加家长会,我家那小子因为数学差了几分没进前十,还被老师教育了一通,要我说差不多得了,现在的孩子多不容易啊。"

"是啊,但最近开家长会了吗?"

"怎么,你不知道吗?班主任说家长必须到啊,我倒是不想去,感觉也没啥事。"

夏知与老板闲聊了几句,便怀着心事匆匆告别。回到家,他安静地坐在客厅里的沙发上,听着时钟嘀嗒走动声,手机的屏幕亮了又灭。他耐心地等着秋航写完作业,想正式找秋航谈次心。

听见秋航开门声,夏知便掐灭了烟头。他看着路过的儿子,心里酝酿好的几套开场白最终都杂糅在一起,成了糨糊,千言万语都慌不择路地汇成一句"你等下"。

"怎么了?"

"作业写完了吗?"

"嗯。"

"你干吗去?"

"洗澡。"

"嗯。"秋航单薄的身影在夏知心里有些沉重,话在嘴边转了几圈,终于问了出来,"你们最近是不是开家长会了?"

"嗯。"秋航没有半点惊讶,被发现似乎是意料之中的事。

"怎么不喊我?"

"不想。"

"为什么不想?"

"就是不想。"

"我是你老子!"夏知顿时火冒三丈,跳起来大吼道,"我是你老子,家长会怎么就不想喊我?"

秋航红着眼,极力压抑自己的情绪,直勾勾地盯着夏知,一言不发,胸口缓缓起伏。

"我哪里对不起你?好吃好喝地伺候你,这么辛苦去挣钱都为了谁?谁供你上的学?"

"好了好了,大晚上说这个干吗?赶紧让秋航去洗洗,明天还要上学。"

春晓一边拉着秋航去浴室,一边劝着夏知。夏知骂骂咧咧,对着空气不停地吐着苦水,发泄着对生活的不满。

太阳照常升起,与昨日无二。夏知整夜未眠,他跟老板请了假,决定去秋航学校了解一下情况。

校园内的学生稀稀疏疏,夏知随着上学的人流,并依靠绿化掩护,迈着小碎步尾随在秋航身后,他想看看秋航上学是怎样的状态。

夏知怕被儿子发现,鬼鬼祟祟的样子加上衣服上洗不掉的灰尘,成功引起学校保安的注意,于是他被带到保安室询问来历。

秋航上学有段时间了,因为开学那段时间夏知比较忙,平时都是春晓负责照顾秋航,他对儿子所在的班级与班主任一概不知。面对保安的询问,他嘴里只能念叨秋航的名字,可保安不买账,刚准备送他出去,夏知急中生智地大喊道:"他班主任叫老魏!老魏!"这是秋航偶尔提到的名字,至于是不是班主任他也不清楚,但总比被直接撵出去强。

保安面面相觑,不知老魏是谁,但仔细看他的面相,确实不像坏人。几番商量后,保安决定派一人看着他挨班找儿子。好在夏知知道秋航在上高一,全年级共二十二个班级,他们绕着一幢五层楼走了个遍,最终在19班找到了秋航。

夏知透过玻璃窗看到秋航,眼睛瞬间发了光,回头冲着保安说道:"那是我儿子!那是我儿子!我就说没骗你吧!"

"声音小点,在上课呢!谁是你儿子?"

"就那个坐在最后一排的,蓝色衣服的!"

保安踮起脚望去,看了好久,才认出那衣服是蓝色的,因为反复洗涤已快褪成了灰色。

授课老师听到门口的吵闹声,学生们也都无心听课,她只好出来询问情况。秋航瞥一眼就看出那是他老爸,不想相认,但事实就在眼前,他用书遮着头,只想把头埋进桌子里。

"他说他是刘秋航的父亲,来找他的。"保安看见老师出来了,赶忙解释道。

"哦,秋航的父亲啊,来找他有什么事吗?"

"没事没事,我就是想来看看他。"夏知指了指秋航,憨笑道。

老师上下打量了一下他,便站在门口喊道:"秋航,你父亲来找你了,出来下。"

全班同学的目光都集中在秋航身上,他拼命想用书本遮挡。越不想发生的事越会发生,而发生了也只能默默接受。他缓缓放下书,出门接受这一切。

"你怎么来了?"

"我就想看看你在学校过得怎么样。"

"我挺好的,你快点回去吧。"

"我这刚来……"

"快点回去吧,上课呢!"秋航没等夏知说完,便迫不及待地打断他。

"老师都没让我走,你就这么跟我说话?"夏知瞬间暴怒道。

"烦不烦,你也就会这一句。"秋航扭过头回道。

"你这是什么态度?"夏知脸色变得铁青,没想到第一次来学校,不待见自己的竟然是儿子。

"我什么态度?你还不嫌丢人?"秋航歇斯底里地怒吼道。他胸口憋着的闷气终于释放,声音响彻整条楼道。

"你嫌老子给你丢人?"

父子俩对视了数十秒,还没等老师和保安劝说,夏知便甩头走了。秋航的眼眶没兜住眼泪,泪水啪嗒落在了地上,他站在走廊上望着夏知离开,直到他的背影消失在楼道口。老师的安慰与保安的失措,仿若处在时间之外。

班上同学窃窃私语，他不知道同学们在讨论什么，是在讨论他的父亲，还是在嘲笑自己，或许两者皆有。

老师赶紧回班，制止躁动不安的学生。待班上渐渐安静，老师便继续讲课，就像无事发生。但秋航无法克制自己去猜想同学们脑袋里的想法，忐忑的心无处安放。

仓皇逃回工地的夏知，和往常一样闷头干着活，只是下手比先前重了许多。他这刚回来就像发了疯的老牛一般，手中的板材被弄得铮铮作响，老工友们都能听出来异常，他们放下手中的活，齐步走到夏知的身边询问情况。

"我没事。"夏知头也不抬地回道。

工友们将信将疑，见询问无果，只好留下句"有事就和我们说"便继续回去干活了。

夜色渐浓，车流渐浓，时间汇成霓虹。门口忽然响起急促的门铃声。工友反应迅速，转身一个箭步便拉开了门。映入眼帘的少年有些陌生，但眉眼间又有些熟悉。

"你怎么找到这儿的？"夏知看见秋航，惊讶地问道。

"刘夏知，你就是个窝囊废！"工友们愣在门口，回头望着夏知。只见夏知待在原地，嘴唇抽搐，拳头握紧又放松。

"你说什么？"夏知难以置信地问道。

"你就是个窝囊废！"秋航重复道。

"我他妈的就是白养你了!"

"你养我什么了?我妈为了你付出了多少?我爷爷要不是你会变成现在这样?你就是个窝囊废!"

"你再说一次试试!"

眼看形势不妙,一工友连忙把秋航劝走,其他工友合力拦住正拿着木板的夏知。

"多大的人了,还真和小孩较劲。"

躺在绿化带里的夏知望着街灯,听着工友给他开导。因酒喝得太快,还没来得及上头,他的四肢就已麻痹。他不想回家,也不知回家的意义,其实他内心认同秋航的话,每每回忆起,他眼角的泪水便不停涌出。

父子俩都怕回家面对对方,只好在城内,共着一轮月亮。

租房合同已经续签了两次,房东也拐着弯提了好几次,表示想涨点租金。春晓装作听不懂,每次都说几句好话把房东打发走。该来的总会来,房东终究还是没忍住,表示不再想续签合同,并提前告知了收房日期,一家人又陷入了窘境。

春晓有买房的想法,便同夏知商量,没想到两人一拍即合,这么多年过去,他们还是想有一套自己的房子。思前想后,夏知在床上辗转,反复算着自己的存款,按照现在的行情,首付都吃力。如果购置城区一套八九十平方米的房子,除去首付,夏知每月的工资还完房贷便所剩无几。

在和春晓达成一致意见后,夏知立刻把想法告诉了老夏,因为从小她就能给夏知凭空变出很多稀奇的东西,直到现在夏知还是心存幻想,指望着老夏能给他变出些什么。

老夏听后,没多说什么,便把存款全给了夏知。这本是老夏留着养老的钱,可一家人漂着也不是办法。夏知拿到手数了数,竟有五万多块钱,老夏自己也吃了一惊,如不是买房,她也不知道自己攒了这么多钱。

夏知毫不含糊,用家里的存款和借来的现金,凑齐了购房资金。钱的问题解决了,剩下的重点就是在哪买房。在市区购房有些困难,他只好选择离市区稍远的地方。经过多方打听,夏知最终将房子定在了城南的一个小区内,位置和价格都非常合适。

老刘的身体状况趋于稳定,春晓觉得老夏整天待在医院对身体不好,便又提出照顾老刘,让老夏出去活动活动。钱包被掏空的老夏,心里顿时没了底,答应让春晓照看老刘,自己在家也是闲着,便想出去挣些钱。思来想去,老夏觉得卖废品的收入过于微薄,她猛然想起小周或许可以给她介绍工作。思忖良久,她拨出了那个存了许久的电话。

"喂?您是……?"

"我是那个,夏姨……就是一个村的,你是那个小周吧?"

"噢,阿姨啊,是是是,您有何指示?"

"这地方我没熟人,我想问问你啊,像我这个年龄,有什么适合我的工作吗?"

"嗯……我想想,有倒是有,不过比较辛苦。"

"你说,没事,我不怕苦。"老夏听闻,眼睛忽然冒光。

"我现在在做保健品的代理,专门服务老年人,但需要上门推销,您愿意吗?"

"好好好,那这个保健品赚得多吗?"

"货卖得越多,赚得越多,是按单量拿提成的。"

"那成,我什么时候可以去卖这个保健品呢?"

小周在电话那头稍稍考虑了会儿,当天下午便约老夏去保健品公司。在简单地面试后,面试官便拿出了协议。老夏看不懂上面密密麻麻的文字,简单了解工作内容后,就按了手印,随着小周和王经理去了解公司了。

负责销售部的王经理并没有因为老夏的年纪而有所怠慢,相反,他对这一新员工相当重视。王经理语气亲切,讲解详细,带着老夏快速入门。学习了一天,老夏就能把产品功能说出个大概,对保健品的产地和差异也能说出一二。不懂的地方,她还会特意向王经理请教。对这个年纪颇大的学生,王经理甚是满意。

培训结束后,王经理便安排小周带着老夏准备实操。实操的地方是个离市区较远的小区,小周表示这边老人居多,很多年轻人觉得远不愿在这居住,这里的群体非常适合成为他们的推销对象。

"下午五六点的时候,天气温度适宜,那时候人多。"小区的运动场是小区傍晚最热闹的地方,小周指着那对老夏说道。

"你要注意一点,刚认识的时候可以多聊天,最好不要开口就推销咱的产品。"小周认真地向老夏传授经验,"不是说不能直接推销,别推销得太明显就行。都是老年人,人多嘴杂,以我的经验,最好跟他们熟了后,再挨个推产品。"

"好的好的,等熟了再说。"

老夏积极地点头,渴望小周再说出些赚钱的门路。小周带着她绕着小区逛了一圈,熟悉了一下环境,老夏就差不多出师了。

"今天就先说到这,我们公司还有其他业务,等你把这块做好了,领导会给你分配新的工作!"小周信誓旦旦地说道。

之前秋航的英语培训班是他介绍的,效果还不错。老夏看着这神采奕奕的小伙,开心地连连点头。

一回到家,老夏就开始琢磨如何推销才能卖出更多产品。想了半天,她最终认定能卖出去就行,而推给熟人是最有效的渠道。

她拿着公司给的样品,在手中一顿把玩。她琢磨了很久,由于不太识字,她只能靠图案分辨种类。黑红的搭配加上黄绸缎的装饰,握在手中的质感也很不错,样品看起来很是高端,老夏都忍不住想打开尝尝。

"这产品不错,是个好东西。"老夏指着瓶子上印着的灵芝,不禁感叹道。

老夏第一时间想到的就是自己的姐姐,她想着便宜点卖给姐姐,好让姐姐补补身子。她一面掂量着瓶子,一面思考还有哪些亲戚需要。

第二天天还没亮,老夏便早早地起床,拿着样品出门了。公交车站台前满是匆匆的上班族,人行道上散步的老年人和匆忙的年轻人形成强烈对比,川流不息的车流携带着晨风,扑在老夏的额头上,她略感温润。每一个擦肩而过的路人都像是她的客户。老夏想找个陌生人练练手,可谁都没给她留半点时间。她沿着马路不知走了多久,看了看手机,快到发车的时间了,便匆忙赶回车站,乘着大巴回村了。

老夏有段时间没回来过了,小村庄竟有翻天覆地的变化。新修建的二层小楼房、水泥马路,就连路边的公厕都翻新了。老夏对眼前的景象有些茫然,她凭着记忆中的路线摸索到大姐家。

大姐家的房子重新装修了,外面新贴的瓷砖显得非常气派。大姐与往常一样,正在扫着门前的灰尘,老夏伫立在大姐家门口,感叹着新农村的发展。大姐抬起头,看见老夏正站在面前。

"愣着干啥?进来坐啊。"大姐看着正傻愣在门口的妹妹,赶紧招呼道。

屋子里的环境没怎么变,只是电子产品全换成了高端的新货。大寸的液晶电视、双开门冰箱等等,这些老夏只在城里见过。

"来瞧瞧,现在在搞新农村,政策好,这村里的日子比以前红火多了。"大姐边收拾家里,边高兴地跟老夏讲道,"看,这是你侄子新买的电脑,花了大几千哩。整天就知道打游戏,让他买辆车也不肯,说村子就这么大,不想要车。要我说,有辆车咱们进城也方便些,但他听不进去,觉得待在家挺好。"

老夏睁大了眼睛,听大姐说着这些幸福的烦恼和村里这段时间的变化,不由露出羡慕的表情。看着她红润的面色,确实感觉年轻了许多。

"别站着了,赶紧坐会。"大姐怕老夏路上太累,热情地从后院拿出两把有些年头的老竹椅。

望着靠在椅子上的老夏,大姐不禁继续说道:"虽然比不了你们,但我们都赶上了好时代,这些年做点小生意,生活还算过得去。你这次回城里过得还好吧?"

"唉,其实这段时间我们过得并不好,家里出了很多事。春晓生了病,夏知亏了钱,老刘受了伤,为了还债,之前的房子也卖了,好在夏知重新找了工作,收入还不错,又刚贷款买了套房。"

"人生大起大落很正常,经历过才知道什么最珍贵,最难的时候都过去了。春晓和老刘现在怎么样了?"

"春晓的身体还不错,想给她换个肾,或许能把病治好,但老刘……还没醒,现在春晓正照顾着。"

"换肾得不少钱吧!真不容易。你要是缺钱跟我说,春晓这孩子命真是苦。"

"是啊,匹配肾源还需要一段时间,我这不是出来挣钱了。"老夏苦笑着说道。

"你都这个岁数了,还出来挣钱吗?"大姐疑惑道。

"这也是没办法的事,现在才明白,平安健康才是福啊。"

大姐紧紧握住老夏的手,粗糙的皮肤没能将温暖隔开。本本分分平平安安是长辈们经常念叨的,直到现在,老夏才深有体会。

老夏抽出手来,握住大姐的手说道:"大姐,现在才明白爸那时说的话,但我们已经走出去了,现在就像有人赶着你一直往前走,没有回头路了。"

"咋就没有回头路了？随时回来，姐的家就是你的家！"

"姐你听我说，我们啊，是真没办法了。秋航还要上学，城里的环境也都熟悉了，回这里怕他不适应。我现在出来挣钱，这都是没办法的办法啊。"

"城里的教育确实比咱这好。那你现在做什么工作呢？"

老夏犹豫了会儿，忙拿出随身携带的保健产品小样，并简单地介绍道："这是咱公司的保健品，抗衰老的，我现在在卖这个。"

"哟嗬，这东西管用吗？今天来找姐，是不是专程给我推销这个来了？"大姐一眼便看出老夏的心思，缓缓地说道。

老夏憨笑着，忙给大姐介绍这几款产品的功能，并把产品的优劣做了比较。

大姐盯着瓶子，反复观摩。她一边听着老夏介绍一边点头道："这真有你说的那么神吗？"

"当时听经理介绍完就觉得这产品很不错，第一个就想到了姐，而且现在有活动，价格很合适，况且我这还有内部价。咱们都这个年龄了，该对自己好点，还能多看两眼孙子。"

"行吧，说实话，这东西平常我在街上可没少被推销，要不是你来，我是不会买的。"大姐边说边回屋拿钱，距离把声音拉长，"都说是骗人的，喝不死就行。"

老夏沉默了会儿，便掏出手机下了单。两人寒暄了会儿，老夏便起身回家,大姐也没再客套。老夏而后在村里兜转了会儿,想再仔细看看这熟悉的地方。旧村披上了新衣,大体路线还是儿时那个味道,不过她终是烂柯人。

回城的路上,老夏把头靠在大巴的窗上,随着车子的起伏摇晃。窗外的景色从简单的乡村水泥路慢慢变换成八车道的公路,棉麻布衫渐变成西装皮鞋。村的热闹和城的喧嚣,岁月的光景呈在老夏的面前。

树影摇晃,不知归处。

小雪

  春雷乍响，绿意盎然，刚露头的嫩绿的枝丫爬满空树头。穿着校服的学生形成了蓝色的人流，这是校长统一整改后的成果。两股新兴势力的碰头，炸出了青春的活力。

  秋航藏在蓝色的人流里，有种莫名的安全感。进入高中的秋航，身体开始发育，他褪去了稚嫩的孩子气，棱角分明的脸庞竟有几分帅气。沉默寡言的他凭借不错的成绩，在班上暗地里积攒了不少女生缘。

  能再见月好，秋航是惊喜的，也是惶恐的。他只幻想能和月好在同一个校园里读书，却没想到文理科分班后他们被分到了一起。活泼开朗的月好很是热情，秋航却显得有些畏缩，他不敢与她对视，觉得她那无瑕的目光能看穿他的一切。每次月好主动跟秋航说话，他都会支支吾吾甚至经常语无伦次，似乎能让他们顺利沟通的，只有数学题了。经常讨论的两人经常引起同学窃笑，同学们也常在课后议论两人的关系。

  课前课后除了做不完的习题，关系要好的男女同学便是同学们热衷讨论的问题。看着关系暧昧的同学羞红着脸跑走,似乎是男同学的乐趣之一,但秋航是男同学们不想起哄的那位,月好虽不是班上最好看的,气质却是最出众的,是男生们心中公认的班花。

暗恋月好的男生经过多方打听,知晓秋航独受她青睐的原因是他俩是小学同学,但看到自己的女神去问一个土包子题目,他们心里甚是不爽。碍于秋航的数学成绩是班级最好的,男生们也只好忍气吞声,所有的情绪都在眼神里。

班上有些暧昧的同学就几对,秋航不屑于掺和这些事情,但他也不傻,能感觉出来男同学们对自己的敌意。

学生时期的女生,似乎一直都比男生要成熟些。月好能感受到女同学们的窃笑和男同学们的嫉妒,可那并不能影响到她,她知道秋航家里的变故,知道他父亲的身份,更知道自己想要什么。

"月好,班上那么多数学好的人,为什么只来问我?"秋航内心几经挣扎,还是问出了口。

"你数学好只是一方面,刚分班,我只跟你比较熟悉。而且平时看你总是一个人,也不说话,要是抑郁就不好了。"

月好无邪的笑容让秋航的心房忽然抽动了下,突如其来的关心让他倍感温暖。

"我……我没事,你以后还是问别人吧。"秋航眼中闪过一丝光,垂着头说道。

"为什么啊?"

"不为什么。"

"因为那些人啊?我们又没什么,别想太多啦。"

秋航抬起头看着月好沉默不语,悸动的情愫在他心里悄然生根发芽,他知道那是带着爱意的喜欢,甚至是愿为她放弃一切的情感,可他明白,现在的他还没放弃一切的资格。

上课铃响起,月好眨了眨眼,便匆匆回了座位。秋航在讲台下神游,回味着月好刚才说的话,黑板上的字若即若离,老师的声音越来越模糊。

"你是不是喜欢月好啊?"同桌老闻用胳膊肘戳了戳正在神游的秋航,坏笑着问道。

两人不停地瞟着老师,小心翼翼地说起悄悄话。

"啊,你在说啥呢?"

"别装了,都能看出来,我们嘴上虽不服你,但你俩要是在一起了,我们还是会很开心的。"

"开心?你们不是……"

"欸,男人哪有那么小气?平常你都不跟我们玩,我们当然不爽啊,我要不是你同桌,恐怕都没机会和你说话吧。"

秋航的脑袋瞬间空白了一下，忽有股热流被强咽进了喉咙，他忽然意识到是自己太敏感了。环视周围的同学，看着一副副陌生又熟悉的面孔，秋航稍稍有些释怀。

看秋航不说话，老闻继续说道："就你和她走得近，还不好好把握机会？"

"算了吧，只是普通老同学而已。"

"老同学？据说狗富跟月好还是幼儿园同学呢，也没见月好问过他题目。"

"真的？"

"我还能骗你？"老闻一边小心地手舞足蹈，一边眉飞色舞道。他像极了村里拉红线的媒婆。

"闻多！"

老师的警告正面袭来，正说话的两人瞬间成了焦点。他俩默默地低下了头，佯装无事发生，老师凝视了他们几秒便继续讲课了。

"怎么样？怎么样？什么情况？"

下课铃刚响，老闻就被好奇的同学围堵在走廊上，他们都想八卦月好和秋航的情况。

"能有什么情况啊，月好倒是不清楚，但秋航我觉得肯定是有点意思！"

"那你觉得他俩……?"同学们都瞪着大眼睛问道。

"我又不是他俩肚子里的蛔虫。"老闻无奈地答道。

"我猜啊,这中间肯定有点什么事。"这时一个围观的男生调侃道。

"能有什么事?"老闻白了他一眼,反问道,引得周围男生一阵哄笑。叽叽喳喳的吵闹声让闻多灵光一现,于是他说道:"我们打个赌吧。"

"赌啥?"男生们异口同声地问道。

"我问了,就是老同学而已。"老闻轻描淡写道。

"喊,没意思,就这?"听罢,周边的男生们觉得无趣,撇撇嘴道,"这话又说回来,月好问题目是怎么回事?"

"熟人好办事,这点道理都不懂?"老闻淡然道。

"怎么就秋航一个熟人?卖东西还杀熟呢。"一男生不服气地回道。

"你……"老闻白了他一眼。

众人见问不出有价值的信息,便哄笑着散了。老闻有些不甘,对月好和秋航俩人的情况好奇不减,心里总怀念想。

"刚才在外面,他们在套我话,问你跟她是什么情况。嘿,我俩这关系,真不能透露透露点吗?"老闻刚回座位就迫不及待地向秋航打听。

"透露什么？"

"你们俩的情况啊。"

"你是不是太闲了呀？不是说了只是老同学而已。"秋航无奈地回道。

老闻不依不饶,笑着继续说道,"你这话说的,这同学关系也是可以改变的,物理老师不是说了,唯一不变的就是变化。"老闻整了整衣领,挑了挑眉,又小声说道,"我保证,我守口如瓶,相信我。"

"真的?"秋航故作认真地反问道。

"嘿,你不信我是不是？人家可都说我的嘴像用水泥封上的。"老闻左手搭在桌子上,后仰着身子,拍胸脯保证道,"这样,你告诉我,我帮你带一周的早饭。"

"没有。"秋航斩钉截铁地回道。

"真没有？一点都没有?"老闻追问道。

"真没有。"

"一周的早饭啊！"

"别说一周,一个月、一年都无所谓,主要是真没有,如果有,我就告诉你好吧。"秋航不耐烦地说道。

"过了这村可没这店了,你可得想好了。"老闻见秋航如此坚决,只好欲擒故纵。

秋航佯装不在意的样子,低头写着作业。他心跳微快,心里有些忐忑,情绪的波动影响着他的解题思路。

秋航欲言又止,老闻觉察到他的脸色不对,迅速将话题打住,只嘟囔了一句"嘴硬",两人便不再说话。

翌日早上,老闻买了三份鸡蛋灌饼,神秘兮兮地从桌子底下塞给秋航。"喏,你一份,我一份,还有那谁一份。"

看他满脸坏笑,秋航立马领悟,但这个剧本事先没有排练过,秋航有点不知所措。

尴尬的画面在秋航的脑中不断播放,他摇摇头极力拒绝。

"去吧去吧,按我说的做,保证没错。"

面对老闻不断的怂恿,秋航的内心开始逐渐动摇。箭已经搭在了弦上,全班人的目光都聚集到了他的身上。

"行行行,我去。"

秋航一脸不耐烦地妥协了,老闻露出了欣慰的笑容。秋航迅速冲到月好的座位旁,把鸡蛋灌饼啪地丢到了她的桌上,还没等她反应过来,就立刻跑回了座位。

"你怎么回来得这么快?"

"送都送了,还要怎样?"

月好诧异地提溜起那个满是黄油的袋子,回头望着秋航,似乎在等他解释。周围的同学不时发出嬉笑声,秋航的血液霎时漫上了脖子,羞涩全写在了脸上,怎么抹也抹不掉,他只好将头埋进书堆里。

课上老师的嘴巴叨叨个不停,楼旁的树叶婆娑沙沙,有声响却不吵闹。血液退却后的秋航感受到全身毛孔舒张,这似乎是他十几年来第一次感受到如此强烈的生的气息。

大雪

"你以后有什么打算吗?"夏知的工友阿东忽然问道。

夏知猛吸了口烟,没回应阿东。两人背靠着毛坯房的墙,落地窗映着蓝天,也映着两人疲倦的侧脸。

"你呢?你有什么打算?"夏知反问道。

"我啊,既来之,则安之,走一步算一步呗。"

两人对视一眼,不约而同地大笑起来。

阿东的经历和夏知有些相似,但他没夏知那么好运。在投资失败后,老婆便和他离了婚,只剩他和一个十岁的儿子相依为命。就在他想一了百了之际,偶然间在新闻上看到了秋航被绑架的遭遇,痛哭整夜后,他便决心开始重新生活。

"经历了这么多,发现还是现在的生活真切。"夏知喃喃地说道。

阿东扬起嘴角摇摇头,被生活折腾不轻的他说道:"这生活,我是过够了,要不是为了儿子,我可能……"

"够了,可别瞎说,你现在的生活不也挺好的?"夏知深望着窗外,又自嘲道,"阿东,你说咱俩这样活了这么多年,都干了些啥?"

"瞎折腾呗。"

"其实我觉得,虽然一事无成,但在经历过后,才能更珍惜现在所有。"夏知认真地说道。

"或许吧,半辈子都过去了,但如果事业有成就更好啊。"阿东痴痴地说道。

"什么样才叫事业有成呢?挣得多也不见得幸福吧。"夏知笑着说道。

"但挣得少是真不幸福。"阿东低下头,叹道。

"那可不一定。"夏知看着阿东,坚定地说道。

"也是,自己觉得幸福才是真的幸福。秋航最近怎么样?好久没看见了。"

"还行吧,就是不怎么跟我说话,男孩大了都这样吧。"夏知掐灭了手中的香烟,双手环抱着膝头,眼中闪过一丝难过。

"能理解,毕竟发生了那种事。你家那个马上要上大学了,学杂费可不便宜呢。"

"现在的生活其实还算过得去。你孩子呢?"

"我家那个上大学还早着呢,中小学能花什么钱?"

"秋航最近可能进入青春期了,以前对穿着没什么讲究,现在似乎知道要买新衣服了。你说,那几百上千块钱的衣服有啥好看的?"夏知气呼呼地说道。

"这个我可就要说你了,俗话说得好,人靠衣装马靠鞍,你那个眼光早就过时了,这年轻人就要穿得有年轻人的样。你瞧瞧自己,非得让十几岁的孩子穿得和你一样。"

夏知虽然听进了心里,嘴上却满不在乎,冷笑道:"你自己不也就那样?"

空荡荡的房间散落着一地的建材,还有两人的互嘲声。

傍晚,夏知早早地就回到家,撸起袖子在厨房捣鼓了起来,他买了很多食材,想做一顿大餐给秋航补补身子。

自从老夏出去工作后,她回家的时间便飘忽不定,春晓经常需要照顾老刘,秋航只能自己解决吃饭的问题。虽然都知道秋航的学业处于关键期,但一家人始终各忙各的,而秋航只要平安健康就好。

在经历上次学校那事后,夏知偶尔会偷摸着去老师办公室了解下情况,好在秋航平常在班上比较懂事,成绩也比较好,很是省心。

夏知哼着小曲儿翻炒着食材,曾经烧菜喜欢放大料的他,现在更偏爱原汁原味,放些盐和酱油就算是调味了。

忙活了两个小时,夏知终于备完了一桌菜,他瞅了眼时钟,秋航该放学到家了。

时间一分一秒地过去,大门都快被夏知望穿了,却迟迟不见秋航。

"这孩子。"

话音刚落,门锁便被转动打开。

"今天怎么这么晚?"夏知坐在沙发上盯着时钟,有些情绪地质问道。

秋航换着鞋,并没有回答的意思。他路过客厅时,瞄到了桌子上丰盛的饭菜,心里不禁犯起了嘀咕。

"吃完饭赶紧看书。"

夏知的嘴巴忍不住开始唠叨,春晓赶紧掐了他一下,示意他住嘴,但他只是想和秋航说两句话。

饭桌上,秋航低头扒着饭,一声不吭。夏知偶尔夹点蔬菜,不时偷看下秋航。

"最近在学校怎么样?"夏知突然问道。

秋航停下筷子,透过碗沿望向夏知,犹豫了会儿,淡淡说道:"就那样吧。"

"哦。"夏知擦了擦嘴,屁股在座位上扭了两下,而后故作镇定地说道,"我给你买了东西,你看下喜不喜欢,放你房间了。"

秋航惊讶地看着父亲,小跑着回房间拿出一个鞋盒。

"打开看看,试试合不合适。"

"这是新鞋?"秋航打开鞋盒后惊叹道。

"喜欢吗?"

秋航反复看着躺在鞋盒里的新鞋,久久未作声。

"吃完去写作业吧。"

看着儿子抱着鞋盒冲进了房间,夏知的心里乐开了花,觉得这钱花得很值。

秋航在屋里拿着鞋反复研究,对比他那几双陈旧的廉价球鞋,这双新鞋的质感和外形都要高出好几个档次。突如其来的礼物,让秋航开始大胆幻想,自己踩着这双新鞋和月好出入校园的画面让他欲罢不能。

门外收拾碗筷的声音惊醒了他,他小心翼翼地将新鞋藏好,在台灯下打开又合上那份写了很久的情书。他是班上为数不多没有手机的同学,每天能与月好交流的机会除了课后便只有梦里。月好在他的梦里永远神圣,只要她一出现,梦里便会长满绿树鲜花。

灯下泛黄的课本上,平铺着那份情书,上面书写的内容如同一个长镜头,描述着秋航这段青涩的心路。这是修改了很多次的情书,每个字都是经过反复推敲的,生怕有个别语句词不达意。他很想将情书送给她,却难以鼓足勇气。

天刚蒙蒙亮,秋航便兴奋地起床了,他抽出床底的鞋盒,轻轻地将鞋子拿出,然后把鞋带松到最大,才缓缓地把脚放入。穿上新鞋后,他简单地走了两步,感觉健步如飞。待一切满意后,他才敢把鞋上的吊牌剪掉。

校园里,大家都穿着同样的校服,能吸人眼球的,就只有脚上的那双鞋了。而对于男生,没什么能比穿着一双新鞋更意气风发的事了。班上也有不少穿好鞋的学生,但常年吃素的和尚忽然破了戒,便会引人注目。

"你这是发财了?"秋航一进门,老闻就惊讶地问道。老闻是个鞋子爱好者,自然一眼就能看出秋航脚上的鞋子价格不菲。他脚上的新鞋也引起了其他同学的注意,同学们纷纷上前观看。

"没……没有。"秋航紧张地回道。

"那你怎么突然买这么贵的鞋子?"老闻满脸不信地追问道。

"我爸昨天买的。"

"你爸?是不是你爸隐藏得太深,现在想告诉你,其实你是个富二代?"老闻打趣道。

秋航连忙摇头否认。

后排的同学全围到了他们身边,就想一睹新款潮鞋的风采。

"这是正品吗?"

"高仿吧,我舅之前在莆田做过鞋,和真的一样。"

"正品和高仿穿起来有区别吗？"

"一般人穿不出来，你们看那个鞋边，有点糙，估计是个A货。"

身后私聊的声音很小，却很清晰。说者无意，听者有心，老闻瞪了他们一眼，那帮人便识相地住嘴了。

"放心，根据我多年的经验，这鞋一看就是正品，别听他们瞎说。"

秋航点点头，不再表现任何情绪，心中的喜悦散失，脚下的新鞋是不是正品其实不重要，只是自己穿着过于突兀。

随着高考临近，课程越来越紧，高考的倒计时挂在黑板上，紧张的气氛被烘托到了极致。秋航偷偷把情书夹到不怎么使用的选修课本里，开始专心备考。

经过几个月的磨砺，老夏在当地保健品业内也小有名气，通过努力赚了些钱。老夏和周边小区的大妈基本打成了一片，经过老人们的口口相传，别人卖的产品还不行，就得吃她卖的，不然保健品的功效不能发挥到最大。凭借这份信任，老夏成功赢得了这几个小区的"独家销售权"。

当然，她的推销之路并非一帆风顺，自大姐给她开了首单后，连续大半个月都没卖出一单，本想从亲朋好友开始推销，可尝试打了好几个电话，一听是推销保健品就被匆匆挂断。实在没办法,老夏只好按照小周教的方法,按部就班地实行,每天到点就去小区和老人们聊天,聊得开心还会忘记自己的工作。

老夏和小区老人们熟悉后,偶然听见几个大妈在聊保健问题,就知道自己的机会来了,便旁敲侧击地融入话题,通过自身丰富的保健品知识,赢得了她们的信任,成功推销出好几份产品。然后通过口口相传,老夏公司的产品在小区内竟成了畅销货。

不论是否使用过老夏公司的产品,只要认识老夏,便会不自觉地帮她宣传。通过口耳相传,产品里有些没有的功效,也被杜撰了出来,传得神乎其神。公司闻风便顺水推舟,请了位明星代言,并直接在包装上印上了"家传秘方,益寿延年"的宣传标语。

负责该区域的王经理因此升职加薪,他决定带老夏接触公司的新业务。这项新业务的服务对象是中老年群体,通过会员制度,根据充值的金额,提供相应价值的服务,高级会员可享受私营超市,不定期还会组织免费疗养旅游等服务。

听完介绍,老夏自己都有些心动。客户们普遍反映产品的功效不错,老夏对这个新项目也充满信心。

刚接触新业务的老夏,第一时间又想到了大姐,这次她拿着公司的新产品登门拜访。大姐很是聪明,一眼便看出老夏的想法,但看见自己妹妹风尘仆仆赶来,她不忍拒绝,只好支持老夏的工作,于是老夏顺利开了第一单。有了大姐的支持,老夏也顺利拿到了该季度的十佳员工,这也是她人生中第一次获奖,心中的喜悦不言而喻。

回家的路上,老夏遇见熟人便会分享自己的喜悦。晚上她想给家人加点餐,买菜时都没还价,急着结完账回家报喜。

老夏从到家开始,脸上的笑容就没停过,这是夏知头一次见她这么开心。还没等他们开口,老夏便忍不住主动问道:"你们知道我今天为什么开心吗?"

"怎么了?"

"我拿了十佳员工!怎么样,厉害吧?!"老夏激动地和盘托出。

"那是值得庆祝一下。"春晓高兴地回道。

夏知则有气无力地附和了下。在他看来,拿了十佳员工并不是什么好事。

"还有个好消息,经理给了我一项公司的新业务。"

"什么新业务?"夏知敏锐地问道。

"我们公司在做一个会员的活动,充得越多优惠越多,肯定比你之前做的公司靠谱,我们公司的产品到现在都没出过问题,而且口碑都很好。"

"优惠?买的还能有卖的精吗?"夏知瞪大了眼睛问道。

"酬宾知道吗？有顾客就能挣钱。"老夏卖弄着她刚学到的新词,骄傲地说道。

"你没买吧？这东西还是别碰为好。"夏知谨慎地提醒道。春晓也在一旁附和。

本该喜庆的夜晚,气氛顿时有些紧张,老夏的神情变得有些凝重和不耐烦。她不想争辩,表示公司不让员工购买后便低头吃饭了。

"我这是为你好,天上没有掉馅饼的事。"

夏知一阵摇头,心里不免有些担心。这中间的水太深,现在估计谁劝老夏都不会听,夏知只想她别节外生枝就行。

"秋航,多吃点菜。"老夏假装没听见,给秋航夹着菜。

"对了,你爸给你买的新鞋怎么没见你穿过,是不是不合脚?"春晓忽然向秋航问道。

"哦,挺好的,怕穿脏了,平常上学穿球鞋就行了。"秋航迟疑了会儿,淡淡地答道。

"之前不还吵着想要新鞋吗？怎么给你买了反倒不穿了?"夏知没好气地说道。

"以后都不要了。"秋航说完就回了屋。

"这孩子……"夏知刚准备发火,便被春晓拦住。

夏知也吃不下饭,便坐到沙发上浏览着公众号上的推文,这是他获取社会信息的重要渠道。

晚饭后,老夏收拾完屋子便偷偷溜进秋航的屋里,给他塞了几百块钱。

"奶奶,这是干吗?"秋航惊讶地问道。

"你爸有钱的时候也没给你花过,平常家里省吃俭用你受了不少苦,现在奶奶赚钱了,这你拿着用,喜欢啥就买啥。"老夏看着秋航心疼道。

"奶奶,真不用,我没什么想买的。"

尽管秋航极力拒绝,但还是没拗过老夏,他只好收下。秋航对着那沓躺在桌子上的钞票发呆,他从来没有拿过这么多现金,曾经买支笔都要挑很久,如今有钱可以任意买自己喜欢的东西了,但自己到底喜欢什么呢?他想了半天也不知道,从没有买过高单价商品的他,没有和同学讨论的机会。

他深望着这沓纸,慢慢伸出手掌,想用力抓住,却在快要触及时,猛然打了个冷战,他下意识地回头望向床底,那个藏着新鞋的地方。钱确实能买到很多东西,可有些东西却不是钱能买到的。恍惚间,他仿若知道自己想要什么了,富有并不是人生唯一的答案。

厚厚的书堆在单薄的书桌上,伴着彻夜的明灯,化作楼宇间的一点星光,微弱但坚强。

冬至

虽加了工作任务，但老夏依旧干劲十足，每天按部就班地去小区闲逛，顺便推销自己的新业务，逢人便说自己的亲戚都买了，不少人听闻纷纷表示想尝试，甚至有些豪爽的老顾客当场就下了单。

凭借出色的社交能力，老夏第一季度就拿到了不菲的提成。王经理对此十分满意，给老夏配了位临时助手，她兴冲冲地和社区的朋友们分享，还给大家分发了喜糖。

这小助手很是敬业，紧跟着老夏，见人就掏出手机，向居民们展示公司的产品和服务。色彩缤纷的图片和密密麻麻的文字，让大家眼花缭乱，在老夏的宣传下，很多人都成了回头客。

随着第一批会员费用到账，公司也准备开始发放第一批会员的福利，老夏拿到福利物资后就立刻赶往小区。

"朋友们，第一批会员的福利已经到了，来我这领取就行！"老夏豪迈地喊道。

"好！真好！这次福利真不错。"

"我吃了她那个什么'大地肾宝',身体比之前好多了,腰都感觉不怎么疼了。"

"是啊是啊。"

在老顾客的推销下,老夏身边顿时被围得水泄不通。

"大伙静静,静静!"为了方便声音传得更远,老夏站到了台阶上,大声喊道,"之前有不少朋友买过或听过咱们的产品,我们公司现在又出了新的福利,就是充值会员,充得越多福利越多。现在福利到了,给大家看看,真的非常划算。"

"充值这么多钱,得多长时间才能回本?"

"是啊,多长时间才能回本?"

面对群众的质疑,老夏先清了清嗓子,示意大家安静,思考片刻后,她气定神闲地回道:"公司的产品质量我相信大家都看到了,第一批福利也到了,我不太会说话,只想把好的产品和好的福利带给大家。"

底下的众人开始窃窃私语,然而老顾客们早就急不可待,还没等议论完,便有人高呼"我要买",随机掀起一阵购买热潮。

"别急,别急,一个一个来。只要成为我们的会员,就能享受私人超市,这个超市可不是一般的超市,不仅商品齐全,价格还更优惠。另外,我们公司还会组织免费旅游、聚会等活动。"老夏一边收着钱,一边维持着秩序。

这次说完，众人无不心动，很多大龄单身男性交费权当免费旅游交友了。女性则对打折的超市兴趣浓厚，纷纷咨询超市都卖啥商品，能优惠多少。

群众的热情程度之高是老夏始料未及的，面对他们的疑问，老夏和助手尽量做到有问有答。看到如此热闹的场景，许多路人闻风也来一探究竟，不一会儿，这个不大的广场就布满了人。前排的人忙着缴费入会，后排的人想凑个热闹，路过的年轻人见状便绕道而行，在远处听见老夏讲解的内容，有些奇怪的味道。

有智能手机的客户，在下载软件完成注册后，便可直接购买开通会员，没有智能手机的客户就签合同交现金。忙了好一阵子，才忙完这批客户。

小助手惊叹老夏的号召力，没想到这么贵的会员费，竟有这么多客户下单。老夏自己也没想到大伙这么支持，她心中暗自窃喜，随即便带小助手去吃了顿大餐。

晚饭结束，跟小助手告别后，老夏沿着马路散步，路面泛着银光，那是洒水车路过的印记。她回想起和老刘扫马路的日子，虽然辛苦，但很幸福。她又存了不少钱，没告诉家人，自己也不舍得花，每当寂寞时，便会打开存折静静地看着那些数字，想从中找寻些安全感。

意外总是会在不经意间降临，而金钱能给她些许安全感。

所以老夏守着再多的钱财也还是每天吃着咸菜白粥。

回到家,她有些许疲倦,看着没收拾的屋子,又看了眼时间。她悄悄地把碗筷收拾干净,然后一个人坐在沙发上发呆,等着困意袭来。

凌晨的光,是淡淡的,如从黑幕中生花,慢慢地铺满整片天空。秋航睁开眼,望向远方的初阳。今天和往常一样普通,也和未来一样特别。

"加油!"他翻下床,在洗漱完后,对着镜子习惯性地给自己打气。

今天校园的氛围与往常不太一样,同行的同学有些少。秋航迈着大步,径直地朝教学楼走去,在学校只有坐在教室的板凳上,才能让他有安全感。

"嘿,今天这么早。"

秋航的肩膀忽然被拍了一下,耳边传来月好的声音。

"早。"

"今天的状态不错。"

月好温暖的笑容携带着晨风,细语如春梦,醉了秋航的盛夏。

"还好还好。"秋航瞬间羞红了脸,不好意思地摸着头憨笑道。

"还没见你笑过,真好看。"

月好字字如老酒,入耳便上头。美妙的清晨,稀少的人群,这似乎是命中安排好的场景,秋航有种特别的感觉,今天将是不平凡的一天。

"我,我……"秋航的脸变得更红了。

"怎么啦?快走啊。"月好回头向愣在原地的秋航喊道。

秋航想跟月好表白,他担心如果今天不说,以后可能就没机会了,内心既躁动又纠结。

"月好!"

"怎么了?"月好站在楼道口,惊讶地回头问道。

"没事,我没吃早饭,有吃的吗?"秋航犹豫了下,憨笑道。话在嘴边,但他还是无法开口。

还有一年就高考了,秋航清楚现在的处境,他想和月好考上同一所大学,再表达爱意。

他吃着月好给的小面包,坐在座位上傻笑。老闻以前还会经常问他情况,随着时间的推移,那个赌约也渐渐被淡忘。

秋航沉浸在早上的场景中,他想努力赶跑心中的思绪,可杂念挣脱控制,在脑中奔驰。

还没等秋航把面包吃完,语文课代表果儿收作业时不小心把他的书弄翻到了地上,惊得脸皮薄的果儿连连道歉。

两人紧张地迅速蹲在地上收拾课本,整理好的作业搁在旁边,却不小心又被碰翻,乱成了一团。温柔的果儿也是班上男生心仪的女生,几个平时调皮的男生见她为难,便立马上前帮忙。

"咦?这是什么?"

"什么?让我看看。"众人议论纷纷。

"这不是情书吗?"

来帮忙的大个子突然发现秋航藏在书里没送出的信,他高兴地拿着那张纸跑上讲台,其余几个男生也跟着上讲台,想亲眼看看纸上的内容,秋航呆站在书堆里不知所措。

"不知从什么时候开始,我就喜欢上了你。犹记小学时你帮助我的身影,如漆黑深夜的一盏烛光。一晃到了高中,也只有你走进了我的心间,成了我生命中的彩虹。"

"读重点!读重点!"台下众人急不可待地喊道。

"别急啊,来了来了!"

"每个事件都有亿万种可能,特别是关于我和你,可能唯我长情不能相望,可能自此心海不能平歇,抑或至死相依。可是啊,关于我喜欢你这件事,却只有一种可能,那就是喜欢你直到生命尽头。噫,好肉麻啊!"

全班同学乱作一团,交头接耳地哄笑着,听得比上课还入神,不知情的同学还在焦急地询问是谁写给谁的情书。

果儿转头呆呆地望着身旁的秋航,老闻捂着脸想笑又不敢笑,秋航此时只想找个地缝钻进去。秋航想上去抢回信件,但事已至此,已于事无补。仿佛时间停滞,他从未经历过如此漫长的课间活动时间,只盼上课铃能来得快一些。秋航的大脑一片空白,幻想与现实的画面不断交织,不断破碎。

"到底是谁啊?"被吊足胃口的同学焦急地问道。

这时,大个子清了清喉咙,继续念道:"如果世间的运气有限,我愿避开所有猛烈的欢喜,直到你能撞进我的怀里。刘秋航。"

全班同学异口同声地发出惊叹声,目光全部锁定秋航,等着看他怎么收场。

"好!写得好!"凑热闹的男同学们不嫌事大,生怕两位主角不继续往下演,在台下叫喊道。

月好的脸羞红到了脖子根,有些生气却又不知该如何是好,只好尴尬地用手捂住脸。

"可以还给我了吧?"秋航渐渐恢复冷静,努力克制自己的情绪,向大个子缓缓问道。

比起大个子当众念情书,最让他担心的还是月好的反应。

大个子和围观的同学感觉到情况不妙,迅速把情书丢在了讲台上,一溜烟跑了。秋航没去追,只是淡定地走上讲台,把情书拿了回来。

"月好,答应他吧!"台下一个女生忽然大喊道,让班上又炸了锅。

秋航默默把头扎进书堆里。

"月好!月好!月好!"

欢呼声越来越大,连隔壁班的同学也闻声赶来围观。

浩大的声势,直接连到走廊尽头的办公室,终是把老师给吸引了过来。

"都吵什么吵!还不早读!"

在老师的训斥下,众学生也作鸟兽散了。

上课铃清脆悦耳,和同学之间的调侃交织在一起,最终都淹没在早读声里。

小寒

老夏公司的会员项目非常顺利，品牌在当地也算是小有名气，不少人竟慕名而来，想体验一下公司的福利。

很多老客户的会员福利还没领完，就又充值了。老夏自然也因此赚了不少，她没想到自己一把年纪还能如此厉害，如早入行，实现财务自由也不是不可能。

客户多了，产品的风评开始逐渐变向。最近电视媒体开始曝光虚假宣传的保健品，不少知名品牌都深陷其中。公司的高层危机意识很强，针对该情况迅速召开紧急临时会议。

各路的自媒体人迅速嗅到了流量的味道，而老夏的公司正是他们的目标之一。自媒体人们凭借在各自领域的专长，到小区进行采访，了解保健品成分，对保健品公司进行全方位分析，甚至有主播开起了专场直播。

有两位自媒体人为紧追热点，直接探访了老夏公司直营的保健品店，专访保健品的销售情况。

"看两位是想买保健品送老人吧，这款卖得最好，不少顾客都说喝了效果不错。"他俩刚进门,店员就根据自己多年的经验,热情地为他们介绍公司产品。

"具体有什么效果呢?"

"我们这产品可不是一般保健品,防癌就不说了,主要还能起到治疗的作用。"

"最近电视不是都报道了吗?治癌是假的,看你这广告牌上还写着包治百病,真有那么神奇吗?"自媒体人质疑道。

"我们这产品可是有口皆碑的,前两天有个大爷还说,他的心脏病就是吃我们这产品吃好的。"店员骄傲地回道。

店员夸张的语气和神态,让自媒体人忍俊不禁。他们装模作样地又扫视了几眼,便离店了。了解大致情况后,简单剪辑一下就把视频放到了网上,可粉丝们却嫌内容不够劲爆,高呼博主深入调查。这是个契机,两人知道扬名立万的机会来了。一不做,二不休,为获取更多人气,两人决定用直播的形式,深入探访老夏的公司。

说干就干,两人即刻打车前往老夏公司。

刚下车,精致的大门就映入眼帘,他俩不禁发出感叹:"这公司真气派。"

为了不被发现,用作直播的手机被妥善藏到了袖子里,耳边挂只蓝牙耳机便于收声。

"请问两位找谁?"训练有素的保安见两人穿着有些奇怪,便警觉地问道。

"哦,我们找那个……"

"找王经理。"

"是找那个大区经理吗?"

"对对对!"

两人逢场作戏,互相补台,成功蒙混过关,并得到保安的亲自指引,直播间的屏幕上打满了"666"。

"接下来怎么办?"

"我怎么知道?"

"真去找王经理啊?"

"不管了,去!"

到了关键阶段,他们不自觉地开始紧张,陌生的环境让大脑产生畏难情绪,但现在已是骑虎难下。

"请问你们是夏总约的客户吗?"

两人刚商量完,一位女接待员忽然出现。他俩也没多想,就跟着接待员去休息室了。

休息室内宽敞明亮,棕色的长桌尽显高贵。桌后坐着一位和蔼可亲的妇人,只见她双手交叉地搭在桌上,仿佛已等待多时。

"坐吧。"老夏挥挥手,示意道。

两人对视了一眼,听话地坐下了。

"那个产品感觉怎么样?父母的病好些了吗?"

"哦,好多了。"两人迟疑了会儿,硬着头皮答道。

"证明我们这产品还是有用的,可惜你们父母有事来不了。电话里,你们说想来了解了解我们公司新出的会员活动,你们之前了解吗?"

两人被老夏这么一问,面面相觑,互相掐腿,期待对方赶紧应答。

"没有什么了解,麻烦您介绍下。"

老夏熟练地把公司会员体系给他们详细地介绍了一遍,两人听完连忙微笑点头,露出期待的眼神。

"那这个会员提供的服务真的会像您刚说的那样实惠吗?"其中一个鬈毛自媒体人问道。

"当然有,我们已经发了很多批福利了!"老夏自信满满地答道。

"发这么多福利,那您公司怎么赚钱呢?"另一个红毛自媒体人又接着问道。

"我们有产品,这些福利实际上就是为了回馈新老客户的。"

"可为什么网上都在说您公司的福利越来越少,产品质量越来越差了呢?"

两人的连续提问,让老夏有些不耐烦。她平常只负责销售,公司的产品情况她不太清楚,对网络上的评价更是一概不知。

"还有,你们这个产品真的包治百病吗?我们了解的可不是宣传的那样啊。"

"嗯,我还是那句话,产品质量是经得起考验的,你们父母都在用,如果想加入会员,可以随时找我。没别的事我们今天就聊到这,我还要见其他客人。"老夏觉察到他们来者不善,便找个理由将其打发。

两人互通眼神,识趣地点头准备告辞。老夏的额头和后背冒出阵阵细汗,这是她第一次遇见这种情况。

"您好,是夏总吗?"

老夏刚欲离开,迎面就撞到了两个小伙子和满脸尴尬的小助手。

"你是……?"

"我是那个在电话里和您约今天面谈的。"

"啊?那这两位是……?"老夏诧异的眼珠在小助手和四人间转动。

"快走快走。"鬈毛见伪装败露,赶紧用手指戳了戳红毛。

"夏总,客套话就不说了,我们今天来,实际上就是想问问关于保健品退费的事。"新来的两人无心关注那两个鬼鬼祟祟的潮男,领头的清秀小伙开门见山地说道。

两个自媒体人刚准备悄悄逃离,就被谈话内容吸引,同时驻留在原地。两人非常默契,立刻镇定转身,缓缓移动步伐,躲在小助手身后。

"怎么突然要退产品?电话里不是说要加入公司会员吗?"老夏还没从刚才的对话中回过神,满脸震惊地问道。

"电话里我们还没说几句话,您便开始推销各种产品,我们都没机会说什么。而且电话里我们也说了,您这个产品有问题,我们爷爷的病情更严重了。"

"不是说身体好了吗?"

"我们说话您在电话里应该没听全吧,那会儿是我爸接的,他说的是'好个屁'。"清秀小伙淡淡地说道。

两个自媒体人躲在后面默默记录,只见老夏的脸在不停地抽搐。

"不好意思,不清楚是不是我们产品的问题,费用是退不了的。"老夏很是生气,说罢便气鼓鼓地朝着廊道尽头走去,全然不顾其他人。

"这事你要不给我解决我就找你们老板!再不解决我就去告你们!"一直站在清秀小伙身后的社会哥忽然喝住老夏,低沉沙哑的声音颇有磁性,惊得老夏待在原地。

大家都屏住呼吸,时间似乎被冻结了。手机直播间里的网友们隔着屏幕异常激动,疯狂发送评论,等待着剧情推进。

"我们的产品怎么就你爷爷吃了有问题?那么多人不都好好的?"老夏咬咬牙,不甘示弱道,把气氛引到了顶点。

社会哥用铜铃大的眼睛瞪着老夏,眼看就要动手,清秀小伙急忙上前阻拦。

"我们是来好好说的,希望能得到贵公司一个合理的解释。我们的父亲没什么文化,他是很想来的,但被我们阻止了,毕竟他来了事情就没那么容易解决了。"

"就这事你今天能不能给我解决?"暴躁的社会哥已经沉不住气,右半身被清秀小伙死死拽住,左半身用手指着老夏怒吼道。

小助手被这一嗓子吓得不轻,赶忙跑到老夏身边。老夏也感到胆寒,不敢轻举妄动,自己虽有些害怕,可最怕的是给家里添麻烦。

"好的,我知道了,今天你们先回去,我过两天给你们答复,这样行吗?"

"不行!你不把话说清楚,今天谁都别想出这个门!"

社会哥根本不给她任何逃跑的机会。就在老夏焦头烂额之际,王经理及时赶到。

"这是什么情况?"气喘吁吁的王经理询问道。产品质量可是头等大事,他也担不起这责任。

"还能有什么事?我家老爷子吃了你们的东西,现在都下不了床了!"社会哥愤怒道。

"我来说吧。是这样的,我爷爷身体本就不是很好,后来听说您家的产品可以活化血管,而且效果好,所以就一口气买了好几个疗程,因为害怕药吃多了对身体不好,所以把以前那些治病的药都停了。最近老爷子突然身体不适,去医院就诊时医生说肾脏也出了毛病,怀疑是因为吃了您家的产品。您能不能给个解释?"

王经理认真地听完,思考这个问题该如何处理。其实早在之前,产品就接到过投诉,但都是小问题,最后都草草了之。王经理虽有权利退费,但这可不是小事,在没有确凿证据前他也不敢贸然退费。

"我非常理解你们的心情,关于您爷爷的事,我们也非常难过。感谢你们对我们公司产品的支持,关于产品质量的问题我们一定会深究。你们看这样行不,你们把产品的编号拍给我,我这边去安排质检,如果真是产品的问题,一定会给你们赔偿。"

四个大男人听完后,互相看了看,很是默契地点了点头。

把他们送走后,王经理把老夏喊进了办公室。他满脸愁容地坐在办公室的老板椅上,跷着二郎腿吞吐烟雾,一朵朵愁云缭绕在老夏周围。

"那几个人你都认识吗?"王经理问道。

"那两个年轻人是我约来的,另外两个就不知道了。"

"另外两人感觉有点怪怪的。"王经理喃喃道。

"王经理,我们这产品不会真有问题吧?最近确实有不少老客户跟我反映产品效果不是很好。"老夏担心道。

"产品的事你不要过问了,把自己的事做好,剩下的公司会处理。"王经理盯着老夏,沉重道。

"嗯。"老夏坐在椅子上,低着头思索着,事情的发展有些似曾相识,她不免有些担忧,于是说道,"王经理,我不太想继续干了,马上孙子要高考了。"

"公司正在高速发展期,难免遇到点磕磕碰碰,机会是留给有准备的人的。你懂吧?"王经理见老夏要走,立马一改之前傲慢的态度,笑着说道。

老夏没回答,思索了会儿便起身出门了。其实她非常清楚,公司的产品在外界的反响大不如前,再不脱身,后果难以承受。她在深夜的路灯下走着,不断地想说服自己,可她又舍不得那些钞票。得到的越多,渴望就越多。

大寒

  在高考临近的时节,城市的气息总会有些不同,那是越过人群的匆忙,和藏在夜里的紧张。气氛不需要渲染,高耸的复习资料堆自然而然地就让学生们忙碌起来。绿油油的叶子在枝丫上摇摆,操场上不时有男女生打着趣。秋航斜着头望向窗外,望着树叶,顺便偷瞄着月好。

  自从情书事件后,月好没再找他说过话,青春的心脏都很敏感,不论是否悸动,都会害怕同学们指指点点。

  对于秋航,喜欢更多的是互不打扰,他想着如果能考上同一所大学,就正式跟月好表白,他怕的不是同学们的眼光,而是月好的态度。在每次冥想中,他都幻想不到与月好的未来,脑海中跳动的每一帧画面,似乎都与她格格不入。衣衫褴褛的他,站在光鲜亮丽的月好前,怎么都不搭。

  "你准备考哪所大学?"老闻推了推正走神的秋航,发问道。

  "不知道,你呢?"秋航回过神,反问道。

  "我天天抄你的作业,能考个普通本科就行,哪有那么多要求?"老闻笑着回道。

"我还没想好考哪,你有什么建议吗?"

"你那点心思我还不懂吗?我帮你问问月好她想考哪,事成之后你请我吃饭。"老闻坏笑道。

还没等秋航反应过来,老闻便从走廊跑向月好。

"嘿,准备考哪所大学?"老闻直接向月好问道。

"哟,你怎么关心起月好来了?是秋航问的吧?"老闻玩世不恭的语态,没能让月好的同桌给他好脸色。

"就你话多,我又没问你。"老闻不甘示弱地回道。

还没等同桌开口,月好便说出了自己想考的大学。

"我可给你问到了啊,她要考华新大学。"老闻不由得扬起嘴角,向秋航炫耀道。

秋航点点头,沉默不语,用余光偷看着月好。坐在前排的月好侧了下脸,想回头却又止住,一切到这似乎都刚刚好。他觉得一切都是考验,于是暗暗下定决心,耐心地等待跟月好考上同一所大学,那是所有美好的希冀。他相信在艳阳明媚、垂柳翠绿的夏天会再遇见。

眼看就快高考了,家里不自觉跟着秋航紧张起来。夏知再没加过班,准点回家做饭,他知道老夏现在忙,春晓要照顾老刘,只能自己照顾秋航。

一天三顿饭如何均衡营养,如何做好吃,成了夏知每天的头等大事。秋航也能看得出来父亲默默做出的改变,只是夏知变得越来越啰唆,大事小事都会忍不住念叨几句,父子俩吵架是避免不了的事。

挑灯夜读成了家常便饭,秋航自己也不清楚为什么每天都要熬到一两点再睡,就算无心苦读,也要守着台灯,似乎只有这样心里才会踏实。他想逃离过去和现在,逃去未知的未来。往昔的画面慢慢清晰,爷爷曾经的叮嘱在心田缓缓开花,他心疼母亲的病痛,明白父亲的不容易,但郁结还需要交给时间去解。

秋航过着繁忙而又单一的生活,除了做不完的习题,便只有对月好的思念。他不知道月好想去的那所大学是什么样的,不知道那所大学在哪座城市,甚至不理解去这所大学有什么特别的意义,他只知道月好想去。他托老闻去打印了一张"华新大学"的门头照,贴在了自己的床头。他并不是要看着照片获取学习动力,只是方便幻想再遇见月好的画面罢了。

夏知虽然平时比较糙,可毕竟也是过来人,他察觉到秋航的行为举止有些奇怪,有时吃饭都魂不守舍。他认为可能是因为快要高考了,秋航的学习压力大,才心不在焉,但作为父亲,只能看在眼里,急在心里。

回到家后,父子俩还是形同陌路。从小到大的校园教育一直是要孝顺父母,可自从秋航懂事以来,似乎所有的爱都带有缺憾,但他能隐隐约约地感受到夏知那无声感情的强烈。他很是矛盾,因为在过去很长一段时间里,自己都不曾得到过夏知的关心。他很难过,因为家庭拮据,懂事的他从不敢和同学有任何交往,虽然现在可以支配很多零钱,却仍然独来独往。他看见这个家在慢慢变好,真切感受到了来自父母的关心,但这不是之前就该有的吗?

"今天做的是你最喜欢吃的小鸡。最近学习还好吧?"夏知在厨房丁零当啷地忙着,听脚步声便知道是秋航回来了,这个招呼他酝酿了很久。

"嗯,还行。"

"你奶奶今晚不回来了。什么时候有空去看看你爷爷。"夏知提醒道。

"前两天刚去过。"秋航回道。

"你小子现在去也不跟我说了。"夏知故作生气地说道。

秋航傻笑了一下,搁下书包便开始吃饭,没再搭理夏知。他匆匆吃完后,就想溜回房间,却被夏知叫住。

"我还没开始吃呢,看书不急这会儿。"说完,夏知从厨房拿来两瓶啤酒,自顾自地给桌上的两个杯子满上,"我们爷儿俩这么多年都还没正经聊过。"

秋航呆愣了会儿,便慢慢拉开板凳坐了下去,安静地看着玻璃杯里的金黄色液体冒着透明气泡,杯口还溢出些许好看的白色泡沫。

"今天咱俩就爷们儿一回,有什么就说什么,想问什么就问什么。"夏知豪气地说道。

"没。"秋航有些拘谨地回道。

"先喝一杯。"看着表情不太自然的儿子,夏知主动举杯邀请共饮。

看见夏知一口喝下后,秋航便端起酒杯,闭眼喝完。苦涩的酒水顺着食道下肚,滋味并不是很好受。

"家里以前的事,我很抱歉。"夏知喝完酒,便缓缓倾吐道,"你已经长大了,有些事不说你也应该明白,一直活在过去是看不见未来的。"

"可有些事是可以避免的,不是吗?"秋航低声地问道。啤酒的苦味还在舌尖回荡,气泡在胃里爆炸并带出热量,让大脑清醒,酒精让大脑微晕,形成一种奇妙的感受。

"是啊,可谁没年轻过呢?"夏知淡淡地说道。

"所以现在说这些有什么意义呢?"秋航情绪激动道,发泄着这些年心中的不满。

"不是想让你原谅,只是想让这个家变得更好。"夏知又喝了一杯,沉重地说道。

"嗯。"秋航理解夏知的用意,但还是放不下内心的芥蒂。

"我知道我不是一个好父亲,以前没怎么管过你,现在又爱唠叨,但我真心想你能生活得更好,顺利考上大学,不要和我有一样的遗憾……"夏知真切地说道。

"你知道我这些年在学校是怎么过的吗?"秋航忽然打断道,十几年的积怨在此刻犹如刺刀扎向夏知。

"我又怎会好过呢?"夏知的眼睛忽然湿润,心中满是歉意,他顿了顿,忽然勉强地笑着说道,"有个好消息——你妈马上可以做手术了。"

"手术成功是不是就能恢复正常了?"秋航听后立刻激动道。

"嗯。"夏知的眼泪挂在眼眶,哽咽道。

秋航一口灌完酒,转而自语道:"要是爷爷能看到就好了。"

夏知摸着空杯,沉默不言。父子俩在昏黄的灯下听着窗外的虫鸣。秋航想开口跟父亲说些心里话,却怎么都开不了口。

"我对不起你妈、你爷爷、你奶奶,还有你。所以我现在踏实努力地工作,想让你们过得好点,弥补过去的错误。"夏知抿了抿嘴,低声说道。

"确实过得不是很好。你知道上次你给我买的那双新鞋我为什么没穿吗?因为同学说是假的。"秋航叹息道。

夏知像被戳中了软肋,他没想到自己的儿子会说出这话,一向朴实的他第一次对自己的价值观产生了怀疑,他理解秋航的困惑,但更不想自己的儿子陷入欲望。于是夏知略带生气地说道:"衣服能穿不就行了?这种有什么好比的?"

"行,那就不比,可为什么还要问我的成绩?"秋航反问道。

"你不读书将来出来做什么?跟我一样吗?!"夏知瞬间被秋航的话点燃,大怒道。

"读书出来有用吗?那个女大学生还不是跟你在一起上班!"秋航激动地回应道。

"我看你是最近没学好!"

夏知急红了眼,刚想破口大骂,只见秋航冷笑一声,直接进屋锁了门,没给他发飙的机会。

夏知知道自己又搞砸了,在门外无力地呼喊着秋航的名字。他瘫坐在椅子上,回味情绪上头的瞬间,每次冲突都是对过去的惩罚。

隔着门,两人的眼泪从眼角滴落,无声无息。秋航知道是非,理解父亲的意思,说那些话也只是为了发泄心中的情绪,气一气夏知,可最后谁都不好受。

夏知在门外蹲了很久,反复小心地敲着秋航的门,像个犯错的小孩在试探。

"别烦我!"

门内传来歇斯底里的声音,夏知彻底断了进门的念头。他在房门前守到半夜,腰实在受不了了才回屋歇息。

高考的冲刺阶段在外人看来十分紧张,但行百里者半九十,同学们都有些倦怠。高考最后一公里,基本已成定局,该吃的吃,该喝的喝,只需耐心地等待高考日到来。

秋航把"华新大学"写在了每本书的扉页上,没有任何通信工具的他,几乎把全部的时间都留给了学习。他也常常会猜忌,担忧那些有手机的男生每天找月好聊天,影响到她的学习。

"老闻,你想过活着的意义吗?"

"嗯……肯定想过啊,但没想明白过。怎么突然问这个?"老闻一本正经地回答道。而这似乎是青少年成长中都会面临的正常问题。

"没什么,就是突然想到。"

"你肯定是有事,说来听听。"老闻像个知心大哥,一眼就看出秋航心事重重。

"我觉得好累。"秋航疲惫地说道。

"累才是生活常态,不累就不正常了。"老闻在一旁安慰道。

秋航顿时敞开了心扉,把自己的经历一五一十地给老闻全讲述个遍。老闻听罢后不禁仰头大笑道:"都是过去式了,既然你爸找你聊天,那他肯定是想把事说清楚。你倒好,不听解释,还刺激他。况且,生活总是要归于平淡的,你俩血浓于水,有话好说啊。"

"还有个问题,为什么有的人出生在罗马,有的人出生在荒漠?"秋航趴在桌子上,提出心中早有答案的问题。

"比你苦的人多了去了,前几年大地震,那么多孩子没父母没家的,你受啥罪了?有吃有喝的,还能上学,就不算差。"老闻弯起嘴角,笑着问道,"你想从你爸那里得到什么?"

秋航感觉胸口一震,他并不是想从父亲那,甚至老闻的嘴里得到什么,他只是想让这些年的委屈有个出口,他需要一个真正的知己,而老闻刚好合适。

"我妈因他受了不少苦,我爷爷现在还昏迷不醒。他在快高考的时候才来关心我,指望我考上大学,然后回来养他?"秋航仍旧不肯面对自己的内心,指责着自己的父亲。

"换位想想,他也是第一次当父亲啊。有没有一种可能,你的父亲让你考上大学并不是为了自己,而是为了让你过上更好的生活。"老闻继续理性地分析道。

"哼!为了我?我看就是为了他自己。"秋航狡辩道。

"刘秋航啊刘秋航,平时看你挺聪明,怎么在这就说不明白了呢?"老闻满是无奈地说道。

"家里有钱的时候也没给我买过衣服。"秋航仍旧不依不饶,似乎就想给夏知扣上坏人的"帽子"。

"那双名贵的鞋子是谁给你买的呢?"老闻好奇地问道。

秋航把头转了过去,不再争辩,他始终做不到跟父亲和解。

"你经历过的事都不叫事,考完试出去看看吧,去更远的地方看看,没书读的地方才是真的困难,思想的贫瘠才是真的可怕。快是成年人了,就别自以为是了。"老闻突然严肃地说道。

此后两人便不再说话。事情的结果虽只有一个,经历也只有一种,可动机和理解的方式却有千万种,或为干戈,或为玉帛。秋航非常纠结,骨子里的傲气伤的却是最亲近的人。

立春

各大媒体的新闻继续聚焦保健品行业,随着记者的不断深入,不少保健品公司一夜坍塌。老夏公司在当地小有名气,拥有不少优质的商业资源,不少知名公司都想利用其抢占当地市场,但在几番较量后,始终撼动不了老夏公司的地位。

在历经打假风波后,老夏公司的舆论开始一边倒,打给老夏的咨询电话也开始暴增,在二十四小时的轮番轰炸下,她渐渐有些崩溃。

以往相安无事的老客户在看见新闻报道后,也陆陆续续开始问询情况。曾经热闹的广场再没有老夏的身影,不知谁透露了她的家庭住址,许多人"登门拜访",想讨个说法。

"我们这产品到底有没有问题啊?"

精神恍惚的老夏找到王经理,想问个究竟,她已经一周没睡好觉了。

"这个你放心,我们的产品绝对安全,新闻里吃出事的情况在我们这绝对不可能发生。"王经理非常坚定地回答道。

"我已经受不了了,我孙子马上就要高考了,我不干了。"老夏崩溃道。

"有困难我们就要去克服,做什么都半途而废,遇到点困难就退缩,你孙子会怎么想?在高考这个节骨眼上,得让你孙子看到,你和他一样都在努力!"

王经理义正词严地说着混账话,可老夏却无法反驳。她觉得有王经理对产品的承诺,似乎还能撑段时间。可事情往往都是牵一发而动全身,不少客户又开始反映会员的福利变少了,而她只是个销售,根本不清楚公司内部的情况,其中产品的功效、事情的真假都只能道听途说。

"可是最近一些顾客说,喝了咱们的产品后,身体出了问题。"老夏还是放不下心,转而继续问道。

"能出啥问题?包装上写得清清楚楚,此产品不能替代药物,有人竟然还拿保健品代替药物,出事怪谁?"王经理气愤地说道,仿若自己才是受害者。

"可我们宣传的时候不是这么说的啊。"老夏激动地反驳道。

"怎么宣传的我比你清楚。"王经理狡辩道,试图在气势上压倒老夏。

"那会员的问题是怎么回事?有很多人说会员的福利越来越少。"老夏又继续问道。

"那不是很正常？他们就交那么点钱，还想拿多少福利？一个个都是白眼狼。"王经理依旧愤怒地说道。

"但现在需要给客户一个交代。"老夏异常坚定地说道。

"行了行了，你先回去吧，有什么事再联系，再有顾客找你别搭理就行。其他的我们会处理好，放心吧。"王经理有点不耐烦地说道，想尽快把老夏打发走。

事情说一半留一半，老夏明白王经理在打马虎眼，公司必有蹊跷，这就是个无底洞，再不逃离真会出事。但毕竟做了这么久，每月的工资还很可观，老夏有点舍不得。

"您好，请问是夏女士吗？"

"嗯，你是……？"

"您好，我们是电视台的记者，想采访一下您，您看您什么时候有空呢？"

刚踏出公司门，老夏就接到了电视台记者的电话，她犹豫了一下，便答应道："您好，晚上或者周末都行。"

"好，那约在周末下午两点，我到时在公司等您可以吗？"

"好的好的，没问题。"

还没被电视台采访过的老夏，脑海里已全是自己上电视接受采访的画面。她挂掉电话就有些后悔，她不知该如何回答记者提的问题。

老夏慌慌张张地跑回电梯口,想就这事再咨询下经理的意见。电梯门开了,拥出的人群令她打消了这个念头。老夏的家已被盯上,如果再发生几年前那样的事,她可承受不了。她决定利用媒体,曝光这家公司,还大家一个真相。

老夏很是慌张,想找人倾吐苦水,可一时不知道该找谁,春晓平时忙着照顾老刘,想跟儿子说,却怕他会训斥自己。她夜里有些闷得慌,套了件衣服想出门透透气,便打了个车回村了。

夜间风还是有些凉,司机师傅抽烟得开窗,寒流灌进车内,老夏蜷在车角抵御着冷气。她的头发被风吹得很是凌乱,司机师傅透过后视镜看她的模样有些狰狞,被冻得发瘆,于是便把烟头掐灭,关上了窗户。

"这大晚上的,去凤凰湖干吗?"司机师傅闲着无事,主动搭话。

"睡不着,想去看看父亲。"大脑已经放空的老夏说话很是直白。她望着沿街的夜景,高楼渐疏,车流渐少。

"那边是墓地吧?"司机师傅看着后视镜里的老夏,心里有些发毛,小心地问道。

她透过镜子与司机师傅对视了一眼,没有回答。虽然之前她想找个人说说家长里短,但现在已被寒风吹得兴致全无。

"要送到哪里?那边路可能不好走。"司机师傅见老夏不答话,又转而问她路线的终点。大晚上的,他可不想进墓区。

"把我放在那个水泥路的岔口就行,我自己走过去。"老夏淡淡地说道。

一听真是那片墓区,司机师傅立刻缄口不言。幸好那岔路口离墓区还有段距离,大半夜拉客到这还真是头一回,他巴不得现在就能丢下她赶紧回城。

宽阔的柏油路后便是狭窄的水泥路,两边的路灯昏黄暗淡,蚊虫在灯泡上飞舞,显得更暗了。司机师傅把手机放在车载支架上,一顿操作后,手机屏幕里的画面从导航页面跳转到了车内的画面。

老夏发现司机师傅的手机里忽然出现了自己的面容,谨慎地问道:"你这是在干吗?"

"这个是我的副业,平时无聊就做直播。你这大晚上去墓地,我有点害怕,所以才开了直播。"司机师傅如实说。

"好吧,你这赚得多吗?"老夏好奇地问道。

"平常闲着没事的时候玩玩,也不是为了赚钱。"司机师傅憨笑道。

师傅手机屏幕里跳动的评论数量可不少,刚开播没一会儿就有几百人在线。刚行进到双车道的水泥路,路灯就没了,这也预示着即将抵达岔口,司机师傅不自觉地屏住呼吸。他提前打开车内灯,好让老夏扫码付款,谁知她拿出一张钞票,于是他只好等慢悠悠地颠过这一小段石土路,抵达目的地后再做结算。

在抵达终点后,司机师傅迅速找完零钱,在目送她下车后便松了口气。司机师傅瞥了眼手机,发现评论区有几位网友发了很多遍"骗子销售",并表示如果他跟上去就在直播间刷礼物。这几位眼尖的网友很快就认出了老夏,前段时间她曾出现在两个自媒体人的直播画面里。但司机师傅可不傻,大晚上进墓地,可不是啥好事。

司机师傅刚准备松开离合驱车离开,屏幕里的网友再次表示,只要他敢去就刷礼物。望着车外黑漆漆的世界,他不禁双脚发抖,后背冒着阵阵冷汗,可礼物刷屏的画面一直在他脑中萦绕。有钱能使鬼推磨,他狠掐了下自己的大腿,拿着手机摸黑向墓地走去。

很多不明真相的网友开始凑起热闹,比起老夏,他们更想看的是司机师傅的表情。这儿说是墓区,其实更像是乱葬岗,老坟都没经过规划,零零散散地散布在小道周围。经过岁月的洗礼,这块地渐渐被灌木丛和小树苗包围,月光透过稀稀拉拉的树叶,照在阴冷的墓碑上,倒也不显压抑。

司机不敢打开手机里的手电筒,把屏幕的光度调到了最暗,生怕被人发现。不在祭祖的季节,这里人迹罕至,茂盛的灌木丛中藏着许多蚊虫,却也适合隐藏。他蹲在一块圆形墓碑的后面,将手机揣在怀里用衣服遮住亮光,自己则探出脑袋观察老夏的去向。

风一过,草便唰唰作响,老夏不禁打了个冷战。

"爸,你走了这么久,不知道在下面过得好不好。我这些天有些烦恼,也有些害怕,所以想找你说说话。"

司机师傅听老夏的声音有些模糊,便试图摸着黑溜到老夏的身后。他半蹲着,用手扶着残垣悄悄走过去。地上的草叶沾了些雨露,有些湿滑,他刚踏出没几步,便滑倒在那坡后,他拼命用双手捂住自己的嘴巴,不想让老夏发现。

灌木里传来的哗啦啦的声音让老夏立刻提起了精神,天生胆大的她,小时候便喜欢在这闲逛,她感觉草丛中的异动不像是动物窜动的声响。她在原地屏住呼吸,想再仔细辨认下声音的来源。

司机师傅透过淡淡的月色,将她的一举一动尽收眼底。好在深色的草丛能给他做掩护,虽与灌木丛融为一体,但也不敢轻举妄动,他知道老夏已经警觉起来了。

"是谁?"婆娑的阵风吹过,老夏怯怯地向坟后的黑影问道。司机冒着冷汗,不敢发出丁点儿声响。

司机师傅紧张得不敢呼吸,等了许久,老夏终是放弃了寻找,这才让他松了口气。

"爸啊！自从搬进城里,家里出了很多事,春晓病了,老刘伤了,夏知赔了,我也遇到了困难。小时候你常说,不骗不抢赚的钱才安心,可如今我却有些愧疚。这公司的产品,经理嘴上说没问题,但我觉得肯定有问题！"

老夏在坟前手舞足蹈地讲述着她的烦恼,有寄托的地方便可倾诉。她对着黑绿色的草堆细说着这些年的经历,聊着现在村里的变化。

平淡的回忆在她的嘴里化成故事,拧成一股绳,系起另一时空的网友。平凡的故事最容易让人感同身受,网友们越听越理解她的难处,纷纷在屏幕前鼓励老夏,不少网友表示要帮老夏正名,严惩不良商家。

司机师傅的直播间礼物四起,让他小赚了一笔。这种现实版的午夜故事会,还带点惊悚色彩,似乎特别受网友欢迎。

凌晨的温度更低了,老夏说得有些口干舌燥,周边黑绿的草色,配上盈盈的月光,胆再大的人也会有些发怵。体温渐低,困意渐浓,她明白自己该走了。

夏虫在田间和声等着夏至,稻田间的曲水引星光作着流觞。回程的路上,后脊凉凉的风催着她赶路,童年的光景飞速倒退。

司机师傅不知老夏走了多远,蹲在原地不敢挪动分毫,他的腰以下已经失去了知觉。他缓缓站起,等血液回流,麻痹的双腿渐渐恢复知觉后便悄悄离开。

到了岔路口,老夏看见那辆熟悉的出租车还未离开,她感觉有些奇怪,回头深望了一眼,空寂的夜色难以掩饰心跳。阴风阵阵,她不再逗留,深吸了口气便匆匆赶往村庄。

夏蛙和远处房屋的舍犬的鸣吠声,在这杂乱的草丛间交鸣。司机师傅见老夏走远,才畏畏缩缩地回到出租车上。

临近夏天,空气在慢慢升温,清爽的时节储备着盛夏的果实,青涩正在发酵。

夕阳渐浓,秋航和月好坐在学校的楼顶上,透过防盗窗的习习凉风,拂起月好的轻盈的发丝,场景如梦如幻。

高考结束了,回学校拿书时,秋航终是鼓起勇气,向月好发出了邀约。很长时间没说话的他们,一前一后地走在阶梯上,两人始终保持着沉默,而手心早已被汗浸透。

到了约会地点,秋航一时语塞,准备好的话全被抛在了脑后,只要能和她待在一起,其他已不重要。

"你的脸怎么这么红啊?"月好忽然开口问道。

"不知道,可能是夕阳的颜色吧。"秋航躲闪着月好的目光,羞涩地回道。

"你知道我们一生会遇见多少人吗?"月好又继续问道。

"不知道。"秋航如是说。

"听说会遇见八百多万人。"月好托着腮,靠在窗台上,继续认真地说道,"这些人里,只有三种人:你爱的、爱你的,和路过的。"

秋航似懂非懂地看着月好,不知道该如何回答。他想按照剧本,好好地跟她道别,但现在的故事已经不受他的控制。

"我……"秋航的话卡在喉咙,他像得了失语症般。

"那个,对不起。"就在秋航要说出口时,月好赶紧打断了他。"我明白你的意思,我一直都把你当成好朋友,后面那段时间怕让你误会,影响你学习,所以就……而且,能认识已经很不容易了。"月好闪烁着纯真的大眼睛,微笑着说道。

"我不太明白。"秋航本能地后退了几步,有些颤抖地说道。

"很多事都是没有结果的。"月好回过头轻声说道。

秋航反复吞咽着酸涩的泪水,如大梦初醒般,他不知道说些什么,又能说什么。他那深厚的眼袋这时却不太顶用,趁着还能兜住眼泪,他夺门而出,直到身后月好的呼唤消逝在楼道。

城西的水库在夜晚有些渔火,显得格外美丽。秋航坐在坝上,吹着晚风,头埋进膝盖。所有的幻想都已破灭,他有些困惑,不理解人类的情感,但对生的意义,似乎又有了新的见解。

种种因果再次指向夏知,秋航有些理解父亲,每个人都想变得更好,但生活总是充满缺憾,能力大的去拯救世界,能力小的就祈祷世界和平,但幸福是由自己决定的。

"听说那个保健品公司要被封了。"

"你听谁说的?"

"这网上都曝出来了,你看看。"

"哟,还真是。"

"据说是涉嫌虚假宣传,做生意还是要本分哪!"

正当秋航准备离开时,路过的两人的对话突然引起了他的注意。他猛地冲到两人身前,激动的模样吓得两人差点采取正当防卫。

"你们说的是什么公司?"秋航焦急地问道。

两人定睛一看,原来是个学生,便没再搭理。秋航不依不饶,拦住两人的去路,他坚定的眼神中夹杂着些许慌张。

"小鬼,这跟你有啥关系?"黑衣男子不耐烦地问道。

"我家里人好像被骗了,就是想知道情况。"他支支吾吾编了个理由,眼睛不时地瞟向地面。

路人没有办法,只好给他看了新闻。在两人的描述下,他得知被查封的公司正是自己奶奶工作的那家,他脚忽然一轻,扭头便疯跑着回家。

道路旁密密麻麻的行人,多是成群结伴的高考毕业生,或是出来散步的一家人。逆着人流,他向黑压压的老居民楼跑去。身后的灯火与霓虹,眼前的幽冥与晦暗,在他身上交融。

"奶奶!奶奶!"秋航气喘吁吁地破门大喊道。而此时老夏正安详地坐在沙发上看电视,看着风风火火的秋航,一家人都非常惊诧。

"晚上没和同学去玩吗?"春晓随口问道。

"没有。"

屋子里的安逸,让他瞬间放下了心。

"那边有剩的菜,自己热一下吧。"夏知坐在沙发上对着秋航说道。

一切都和往常一样,时间线却又像被拉长,自己仿佛置身在虚幻的泡影之中。他一口一口地嚼着米饭,回味着甘甜,试着尝出活着的味道。

"那个秋航啊,明天我们仨出去一趟,你自己就在家随便吃点吧。"夏知又说道。

"好。"秋航专心吃着饭,随口回道。

吃完饭,秋航跟奶奶说了在坝上听到的事。老夏得知后,便把最近的事告诉了他。原来保健品事件经过网络的不断发酵,加之三位媒体人的推波助澜,老夏的公司顺利被推到了风口浪尖上。司机师傅的直播,成功将矛头转移到了公司身上,而老夏也在媒体记者的鼓舞下,主动站出来揭露了公司的营销方式,并为有关部门的调查提供了有力证据,成功将公司查封。

这个夜晚太短,秋航感觉眼睛刚闭上天就亮了。他起床发现客厅里空空荡荡的。

楼下的小卖铺前,熙熙攘攘地围满了人,似乎是要退什么货,每个人手上拿的红色包装袋十分显眼。秋航定睛一看,那不就是奶奶曾卖的保健品?

小卖铺的店主之前觉得这款产品不错,便私下从供应商那拿了些货,现在大势已去,便一下成了众矢之的。

秋航感觉事情不妙,急忙冲下楼,还没走到楼道口,他就被同层的大爷拦住了。

"疯了!都疯了!"大爷边叫喊着边紧紧地拽住他的胳膊,四根手指死死地将他手臂扣住,不让其挣脱。

"怎么了爷爷?"手臂的骨头传来阵阵剧痛,秋航惊诧地看着眼前这个大爷,他似乎换了一个人,不再如曾经那般和蔼。大爷的眼睛布满红血丝,不给秋航任何逃跑的机会。

"快走!快跑吧!"大爷仍旧重复着那句话。

"怎么了?!什么事啊?"秋航焦急地继续问道。

"疯了!全疯了!"

这时的楼道口十分嘈杂,窗外的辱骂声不绝于耳。秋航颤抖着嘴唇，蹲在楼道，手还被大爷拽着，他不知道该如何是好。他不知道夏知在哪，春晓在哪，老夏在哪，日子似乎又闪回到高考前。

"你赶紧走吧，去避避风头！这事小店解决不了，马上就要来你们家了！"大爷又突然开口向一旁的秋航叫喊道。

秋航听闻立刻背靠着墙缓缓起身，把手抽了出来，拔腿就往楼下蹿。他不知道自己为什么跑，或许就是想跑，就这样一直跑，跑去一个没有人知道的地方。

混乱的小道，疯狂的人群，没人在意一个路过的小孩，大家都在死死盯着小店店主的收银台。

人行道上铺了几层厚厚的宣传单，单页上"益寿延年"的字样格外醒目。这时，街景不断倒退，倒退成他刚进城的样子，而后破碎重组。地面突然深陷，秋航还没来得及反应便落入其中，他在坠落中惊醒，幸好只是大梦了一场。

六月是爱下雨的季节，稀稀拉拉的雨滴打在树叶上，发出啪啪的声响。梦醒后，他独自出门透气，在寂寥的大街上，漫无目的地走着。

躲雨的路人似乎没有脸，来往匆忙的车辆里好像没人。他呆滞地走出屋檐，唰唰的水声从耳边擦过，烟雨稀释了他脸的轮廓，身影在这长街上消融。

"秋航去哪了?"夏知和老夏一回到家,便自言自语道。

"可能和同学出去玩了吧。"寻找无果后,夏知猜测道。

"下这么大雨,出去能玩啥?他没有手机,也联系不上我们。"老夏望着窗外的大雨,心中难免有些担心。

"没事,都成年了,找不到会自己回来的。"夏知一边收拾屋子,一边安慰道。

屋子里有些阴冷,窗外的雨也越下越大。

"秋航不会有事吧?"老夏怯怯地问道。

"不会,放心吧,孩子都这么大了。春晓那么难的手术都很成功,他能有什么事儿?放宽心吧。"夏知自信地说道。

街边的咖啡厅里满是刚毕业的学生,许多稚嫩的脸蛋上扑着性感的粉底,甚至有些用力过猛,妆容让人忍俊不禁。秋航站在咖啡店的落地玻璃前,光亮的玻璃分成两面,一面是月好,一面是秋航。

月好似乎在和老闻攀谈什么,她的脸上绽放着秋航许久未见的笑容。而今天的老闻,打扮得也是非常帅气。

老闻有说有笑地牵起月好的手,在她手里搁了什么东西,暧昧的气氛溢出玻璃。秋航趴在玻璃上,目睹着一切,他抿了抿嘴唇,转身走进雨里,摸着道准备回家。

路上,跨河的拱桥上布满了人,一个警察和一个协警正维持着秩序。这些热闹秋航从不爱看,但路过时发现,桥下水流异常汹涌。他越过人群,走到桥边,看着这一席夏潮,赤黄的河水奔涌而来。他向远处望去,想一头扎进这激流,随江海远去。

"秋航这孩子应该是住同学家了吧,我给他留了门,你先睡吧。"

夏知把老夏支回房间,自己一个人坐在沙发上,把玩着打火机,香烟拿起又放下,心中有丝不安。坐立难安的他犹豫许久,点燃一支香烟猛吸了一口,却被呛得咳嗽不断,只好将烟摁灭在烟灰缸里。窗外的雨渐渐停了,他守在沙发上,眼睛一宿未合。

"夏知,秋航回来了吗?"早晨醒来的老夏,第一件事就是询问孙子的情况。

"再等等吧,估计一会儿就回来了。"夏知熬了一宿,无力地说道。

"要不,我们上街找找吧。"老夏提议道。

"这么大的人,不会丢的。"夏知不想让老夏担心,只好安慰道。

两人在沙发上坐了会儿,待楼道里的声音逐渐嘈杂后,夏知终于坐不住了,便提议道:"走吧,出去看看。"

趁着天刚蒙蒙亮,他俩迅速窜出了小区。老夏看着路上曾经红火的保健品店,心里很不是滋味。

日升大道,街道恢复了繁忙。在"借过"声中,夏知第一次感觉到人生的匆忙。

"分头找吧。"老夏在街上冲着夏知喊道,刚说完便消失在了人流之中。

每个身着校服的学生都好似秋航,但他已经毕业了,夏知慌乱地寻找着。夏知已经好久没这么在街上奔跑过了,新鲜的空气让他的大脑很清醒。

这一路上,夏知反省着自己的过往,思索着未来的去向,似乎这一切从开始就没有答案。他想等秋航上了大学,立了业,成了家,就可以歇歇了。然后他可以干点自己喜欢的事,养养花、种种树或者钓钓鱼。他耷拉着脑袋,坐在公交车站的台阶上,看着来往鸣笛的警车、救护车,还有扛着摄影机的记者。

这么大的阵势他还是头次见,直觉告诉他,不远处出了事故。他本能地跟上,朝着人多的地方走去。这一路上有很多看热闹的人,嘴里还在不停地讨论着事情的结果。他耳边穿过的只言片语,逐渐拼凑成画面,夏知的脚步不自觉地加快了。

"这人没事吧?"

"那个孩子力气还挺大,坚持了半个小时,等到了救援的人。"

夏知穿过围观的人群,得知落水的人已经送往医院,打听到之后便迅速奔赴医院。

"怎么那么不小心啊?"差点落难人员的家属正在床边难过地质问他。

夏知见他没事,心里的石头放下了一半。他继续四处寻觅着秋航的气味,终在隔壁的病床上看见了正被慰问的秋航。

"您是……?"警察同志见夏知行色匆匆地赶来,便问道。

"我是他爸。"夏知顾不上周围的人,趴在虚弱的秋航身上,紧握着他的手,失声痛哭。

"爸。"秋航看着夏知,这一声呼唤打开了他过往的心结,在水中对死亡的恐惧和对生的本能,让他顿悟了珍惜当下是多么重要,"你们都还好吧?"

"都好都好,你妈手术很成功。"夏知握着秋航的手,啜泣道。

"您儿子非常勇敢,这个年纪能见义勇为可不容易啊。"身旁的警察不禁夸赞道。

落水人的家属也纷纷表示感谢。夏知也曾是热血青年,可现在他只想秋航能平平安安、健健康康地过完一生。

秋航休息了会儿,便无大碍。出院后,父子俩绕着城区的轴,边走边聊,不知不觉就绕回了归家的路,路过拱桥时,发现桥面被冲上了一层泥沙,桥头还留着水渍。他俩站在桥上遥望,蓝天与黄水相映成画。

在公司的事尘埃落定后,老夏也算声名远扬了,有家大型保健品公司找到老夏,想让她成为公司产品的体验官,为他们的产品质量保驾护航。老夏没多犹豫,表示可以免费为其打工,同时也提了一个条件,她希望公司能做些关于老人的公益活动。对于这个提议,双方一拍即合,没过多久就在社区乃至城市掀起了一股"老人健康"潮,获得社会一致好评。

灯火通明的街市,三五成群的青年,仿若时光从未流逝。所有人都享受着同一轮明月,彼此却互不相知。

"秋航,毕业后你就留在大城市吧,比较有发展前景,家里的事都不用你操心。"夏知在电话的一边为秋航出谋划策。

"爸,我想回家。"

"回家好啊,想回来就回来,多看看你爷爷和奶奶,他俩现在身体可好了。"夏知高兴地说道。

"我想回农村。"

"为啥?这可不是开玩笑的啊。"

"我想得很清楚了,我想要的只有村里能给我。你不也常说,落叶总要归根?"

"可你这叶子还没发黄呢。"

"我想回家承包块地,用科技推动农村发展。"秋航说得异常坚定。

"你这出去读个书,咋还想着回家种地呢?"夏知有些不解道。

"别听你爸的,儿子,你妈永远支持你,你奶奶也支持你。"春晓一把抢过手机,冲着手机那头的秋航喊道。

秋航笑着"哎"了声,便听那头挂断了电话。

"夏知,你要干吗?"

一不留神,夏知就溜去卧室整理起了东西:"我干吗?还能干吗?给儿子找块好地去。"